AF185409

LEUCHTSIGNAL

Abseits stark befahrener Straßen und großer Städte erwarten sich Durchreisende nichts weiter als schlichtes ländliches Dasein – verschlafene Orte, an denen die Zeit stillzustehen scheint.

Doch diese unbedachte Vorstellung zerplatzt beim Anblick des Hofs auf dem Hügel. Der Meister und seine Schüler sind nämlich Freunde des Lebens, und begeistert am Erforschen und Erleben des allgegenwärtig Überraschenden. Auf den fruchtbaren Flächen sprießt die Natur in allen Farben. Tiere und Menschen bewegen sich an den Hängen.

Verwundert nehmen die Reisenden den Hauch des Besonderen wahr, der in der Luft liegt. Und ohne es zu merken, überkommt sie die Ahnung, dass *Veränderung* etwas ganz anderes ist, als sie bisher dachten.

Vierundzwanzig kurze und unterhaltsame Geschichten zum Innehalten, Nachdenken und Mitbringen.

 *Michael-Johannes Hahn*, geboren 1991, lebt und arbeitet im Gemeinschaftsprojekt PAN im Waldviertel, Österreich. Der selbständige Grafiker und Texter betrachtet sich und die Welt aus den Augen eines Gemeinschaftsmenschen – mit der Überzeugung, dass die Lösung immer im Miteinander liegt.

Mehr auf *www.leuchtsignal.org*

MICHAEL-JOHANNES HAHN

EINFACH
MENSCH SEIN

24 Geschichten über den Meister und seine Schüler

*Für Elisabeth,
die sich nie davor scheut,
zu sagen, was wichtig ist.*

© 2020 Michael-Johannes Hahn
ILLUSTRATION, UMSCHLAGBILD: Markus Becherer,
Michael-Johannes Hahn
SATZ, UMSCHLAGGESTALTUNG: Michael-Johannes Hahn
VERLAG & DRUCK: tredition GmbH, Halenreie 40-44, 22359 Hamburg

ISBN PAPERBACK: 978-3-347-14691-4
ISBN HARDCOVER: 978-3-347-14692-1
ISBN E-BOOK: 978-3-347-14693-8

INHALT

Vorwitziges Vorwort 9

01 Aufbruch 11

02 Im Fokus 16

03 Funkenschlag 20

04 Im Maßstab 24

05 Die Gottesanbeterin 28

06 Der Meister und der Esel 32

07 Ganz einfach 35

08 Zwischen den Weiden 39

09 Vom Kämpfen 45

10 Vom Lernen 49

11 Ein Blick in die Nacht 52

12 Das kostbare Messer 57

13 Im Labyrinth 61

14 Erleuchtung 65

15 Birnenernte 72

16 Alles oder nichts 74

17 Im dichten Nebel 77

18 Auf dem Scheideweg 81

19 Vom richtigen Zeitpunkt 85

20 Wahrlich verzwickt 90

21 Fehlerhaft? 94

22 Ein Frühlingsspaziergang 98

23 Einlassen aufs Zulassen 101

24 Menschsein 105

Nachdenkliches Nachwort 115

Nur das Echte zählt. Vorstellungen sind dafür da, um nicht erfüllt zu werden. Und wer ein Leben ohne Ausreden führt, ist ein weiser Mensch.

VORWITZIGES VORWORT

»Wie soll ich an dieses Buch herangehen?«,
fragte ein Leser und besah sich den schmalen Band von
allen Seiten. *»Ist es besser, ich lese die Geschichten nachein-
ander – oder kreuz und quer, nach Lust und Laune?«*

»Es ist Euer Buch«, sagte der Autor freundlich. »Lest
es, wie Ihr wollt – lest, wonach Euch ist. Und wenn
Euch nicht danach ist, dann lest es nicht... Ihr könnt
überhaupt nichts falsch machen.«

*»Wenn du mir etwas mitgeben könntest, bevor ich zu lesen
beginne – was wäre das?«*, meinte eine Leserin.
Der Autor überlegte. »Ich würde Euch bitten: Lasst
Euch Zeit«, sagte er schließlich. »Gut Ding braucht
Weile, und als Erstes geht immer das verloren, was zwi-
schen den Zeilen ist.«

Die Leserin nickte verständnisvoll. Zur Sicherheit
fragte sie trotzdem nach:

»Was ist es, das zwischen den Zeilen ist?«
Ein kleines Lächeln stahl sich in die Miene des Schrei-
bers, es schien, als ob er die Frage erhofft habe. »All das,
was die Worte nur einrahmen, aber selbst nicht sind
und niemals sein können«, sagte er. »Das Staunen. Der
Sinn. Die Seele der Geschichte.«

»Alles klar«, sagte ein Leser, dem das Vorwort zu lang
war. *»Wir werden also zwischen den Zeilen auf die Suche
gehen!«*

Der Autor lachte voll Vorfreude. »Danke dafür! Und ich wünsch' Euch, dass Euch das Herz beim Lesen lacht!«

01 AUFBRUCH

Einst lebte in der Hauptstadt eines mächtigen Königreichs ein junger Mensch mit wachem Verstand und scharfer Beobachtungsgabe. Ihm stand eine große Zukunft bevor, darin waren sich alle einig. »Werde Arzt!«, rieten ihm seine Eltern. »Werde Astronom!«, sagten seine Bekannten. »Werde Künstler!«, schlugen ihm seine Freunde vor.

Obwohl ihm bei jeder Gelegenheit gesagt wurde, was er werden sollte, war sich der junge Mensch nicht sicher, was er werden wollte. So schrieb er sich in sämtlichen Fächern und Lehrgängen der Universität ein und machte sich mit großem Eifer an sein Studium. Doch je mehr Zeit er damit verbrachte, sich Wissen anzueignen, desto mehr schien ihm, als könne selbst ein Ozean aus Informationen seinen Wissensdurst nicht stillen. Ihm war, als würde jeder Schluck ihn nur noch durstiger machen.

Ein alter Professor, der stiller war als seine Kollegen, sah das Ringen des jungen Menschen deutlich. Deshalb nahm er ihn eines Tages nach dem Unterricht zur Seite. »Ich weiß, dass du nicht zufrieden bist, aber nicht benennen kannst, warum«, eröffnete er ihm. »Ich kann dir sagen: Alles Wissen, das du dir in diesen Mauern aneignen kannst, wird dich nicht zufrieden machen. Denn du strebst nach etwas weit schwerer zu Fassendem: Nach Weisheit.«

»Was schlagt Ihr vor?«, fragte der junge Mensch.

»Nun«, sagte der Professor, »...diese Schule kann dir

nicht geben, wonach dich verlangt. Niemand kann dir Weisheit geben. Aber ich kenne jemanden, der dich dabei unterstützen kann, sie selbst zu finden... Warte, ich zeichne dir eine Karte.« Mit Federkiel und Tusche zeichnete der Professor eine Wegbeschreibung auf ein Blatt Papier. »Hier befindet sie sich – die Schule, nach der du suchst«, sagte er. »Frag nach dem Meister. Viel Glück und eine gute Reise!«

Mit einem Packpferd, Proviant und einigen seiner Lieblingsbücher brach der junge Mensch auf.

Zwei Monate später erreichte er ein entlegenes Tal zwischen Ausläufern eines mächtigen Gebirges. Sein Proviant war aufgezehrt, das Packpferd hatte er verkaufen müssen und die wertvollen Bücher hatte man ihm gestohlen. ›Ich hoffe doch sehr, dass sich das alles auch lohnen wird‹, dachte er bei sich.

Die Schule, an die der alte Professor ihn verwiesen hatte, stellte sich als ein weitläufig angeordnetes Anwesen dar: Ein Gutshof am Talende, auf der Kuppe eines Hügels liegend, gesäumt von schroffen Felsen und den steilen Hängen umliegender Gipfel. Er sah Schafe und Esel auf den Wiesen, auf den Feldern rundum wuchs Korn und im großen Garten blühte und summte es. Offensichtlich hatten die Schüler hier einen Praxistag. Eine nicht unbeträchtliche Zahl von ihnen tummelte sich auf dem Gelände und packte fleißig an.

Der junge Mensch fragte sie nach dem Meister – und bald darauf saß er mit diesem vor dem Studierraum und erklärte ihm, beeindruckt von der großartigen Bergkulisse, die Gründe seines Hierseins.

»Arzt, Astronom oder Künstler zu sein, hat nur wenig Reiz für mich. Deshalb bin ich hier. Man sagte mir, hier finde ich heraus, was ich werden will.«

Der Meister nickte. Im Lauf der Zeit hatte so mancher Schüler zu ihm gefunden, der sein Leben als seltsam unerfüllt wahrgenommen hatte – ein Umstand, den die richtige Berufswahl allein nicht zu lösen vermochte.

»Tausende echte und selbsternannte Philosophen haben sich bereits den Kopf darüber zerbrochen, was Beruf und Berufung unterscheidet«, sagte der Meister freundlich. »Ich kann dir nur sagen, dass ersteres ohne zweiteres ziemlich deutlich am Ziel vorbeigeht.« Er lachte. »Wie Apfelkuchen ohne Äpfel. Es macht weder Sinn noch wirklich zufrieden.«

Der junge Mensch nickte. »Meine Berufung ist nicht, Arzt zu sein. Oder Künstler oder Philosoph. Das sehe ich ganz so wie Ihr. Doch was ist denn eigentlich meine Berufung?«

»Mensch zu sein!«, sagte der Meister mit Nachdruck. »Es ist einfach zu sein, doch gleichzeitig überaus schwierig zu erlernen.«

Der junge Mensch runzelte die Stirn. »Bin ich nicht schon längst Mensch?«

»Natürlich«, sagte der Meister. »Wie ein Kleinkind, das auf einen Königsthron gesetzt wird, musst du aber noch herausfinden, was das überhaupt heißt. Zum Glück haben wir dafür eine wesentlich bessere Möglichkeit gefunden, als uns bis zum Rand mit Wissen anzufüllen.« Der Meister schmunzelte.

Der junge Mensch sah sich um. »Was ist das? Was

macht ihr hier?«

»Wir leben, arbeiten, forschen, entscheiden, gewinnen, verlieren, kämpfen... Genau wie jeder andere Mensch auch – mit einem winzigen, aber entscheidenden Unterschied.«

Der junge Mensch wusste nicht so recht, was er dazu sagen sollte. »Was ist es, das ihr anders macht?«, fragte er.

»Wir sind *gemeinsam* auf der Suche nach Erkenntnissen. Was dem Einen entgeht, das sieht der Andere. So einfach ist das.«

Unerwartet erlebte sich der junge Mensch in einem äußerst interessanten Zustand. Er war gleichzeitig sehr fasziniert und sehr enttäuscht. Er spürte das Gemeinschaftsgefühl, das diesen Ort belebte. Trotzdem hatte er sich irgendwie... mehr erwartet.

»Das Leben ist einfach«, kam ihm der Meister zu Hilfe. »Und das, obwohl es hochkomplex, anstrengend und anspruchsvoll ist.«

Der junge Mensch konnte es sich selbst nicht erklären, doch er verstand sofort, was der Meister meinte – auf eine untrügliche, seltsame Art und Weise. »Das Leben ist einfach, aber nicht leicht...«, sinnierte er.

Im Licht der untergehenden Sonne führte der Meister seinen Gast über den Hof, stellte ihm die Schüler vor, auf die sie trafen, und zeigte ihm sein Nachtlager im Besucherhaus. Beim Anblick des Bettes wurde sich der junge Mensch mit einem Schlag bewusst, wie müde er eigentlich war. Immer noch kreisten seine Gedanken um jene Worte, die sich mehr und mehr als innere Erkenntnis präsentierten: »Meine Berufung ist, Mensch zu sein.«

»Zumindest eines kann ich jetzt aus Erfahrung sagen!«, meinte er abschließend und schmunzelte. »Manchmal braucht es eine sehr weite Reise für eine kleine Erkenntnis.«

»Nicht doch, mein Lieber«, entgegnete der Meister. »Es ist eine geradezu monumentale Erkenntnis. Sie ist derart riesig, dass du viele weitere Erkenntnisse brauchen wirst, um dir die Größe ihrer Bedeutung zu erschließen. Denn sie ist nicht nur das Ergebnis einer weiten Reise, sondern auch der Anfang einer weitaus größeren.«

»Die Zeit dafür wird sein«, sagte der junge Mensch und gähnte ausgiebig. »Aber nicht mehr heute.«

Der Meister lächelte. »Ganz recht«, sagte er. »Ruh dich aus. Wir haben alle Zeit der Welt.«

Zur Betrachtung der Vorgänge im Weltall hatte der Meister ein Teleskop errichten lassen. Nächtliche Beobachtungen der Himmelskörper hatten es seinen Schülern schon immer angetan und waren stets der Ausgangspunkt lebhafter Diskussionen aller Art.

Auch der Meister war ein Freund des Nachthimmels. Zu seinen Bekannten gehörte ein Kreis von Gelehrten, mit denen er sich schriftlich über verschiedenste Entdeckungen austauschte. Von ihnen hatte er die Nachricht erhalten, dass wieder einmal ein besonderes Naturschauspiel bevorstand. Aus diesem Grund hatte er seine Schülerschar auf dem flachen Dach des Studienraums versammelt und die Abdeckung gelüftet. Einer nach dem anderen blickte durch das Teleskop und versuchte, den Beschreibungen des Meisters folgend, verschiedene Gestirne im All auszumachen. Das Staunen war groß, als einer von ihnen den Jupiter in seiner roten Pracht vor die Linse bekam.

»Wahnsinn«, rief er aus. »Das ist ja unglaublich! Ich habe mir aus Euren Erzählungen zwar ein Bild über diesen Planeten gemacht, aber dass er in dieser Farbenpracht strahlt und solch ein Spektakel abgibt, hätte ich nicht gedacht.«

Unruhig traten die anderen von einem Fuß auf den anderen. Sie alle hätten liebend gern den Sitzplatz an der Spiegelkonstruktion eingenommen. Doch der Schüler machte keine Anstalten, diesen aufzugeben. Nicht einmal eine Ermahnung des Meisters konnte ihn davon abbringen, die Apparatur in einem fort herumzuschwenken und über das zu plappern, was er sah.

»Nun gut«, sagte der Meister gelassen und trat zu seinen anderen Schülern. »Dann wollen wir unsere Wartezeit eben damit verbringen, uns über den persönlichen Blickwinkel zu unterhalten.«

Die Schüler murrten, aber sie hörten zu.

»Was ist Weisheit?«, fragte der Meister und schmunzelte angesichts der verblüfften Gesichter. Unter den Schülern war dies eine heiß diskutierte Frage. Doch bisher hatte sich der Meister über die Antwort stets ausgeschwiegen.

»Weisheit ist großes Wissen, sinnvoll eingesetzt«, sagte ein Schüler.

»Weise ist, vorausschauend zu handeln«, sagte ein anderer.

»Weisheit ist Lebenserfahrung und innere Reife«, sagte ein dritter.

Der Meister war mit keiner der Antworten recht zufrieden. »Aus gegebenem Anlass«, er deutete auf den Schüler, der immer noch den Himmel nach Sehenswertem absuchte, »nehmen wir die Astronomie als Beispiel. Kundigen Astronomen wird oft große Weisheit nachgesagt. Doch was ist denn eigentlich die größte Schwachstelle des Astronomen?«, fragte er die Versammelten. Keiner wusste es so recht.

»Es ist sein Fernglas«, sagte der Meister. Er zog einen Beutel mit Nüssen und getrockneten Früchten aus der Umhangtasche und verteilte diese. Nur der Sternenbeobachter ging leer aus, was milde Genugtuung hervorrief. Der Meister fuhr ungerührt fort: »Das Weltall ist riesig und je stärker das Fernglas vergrößert, desto weniger sieht man das Gesamte.«

Der Beutel mit den Früchten machte eine weitere Runde.

»Also hat Weisheit gar nichts mit Wissen zu tun?«, fragte einer der Schüler.

»Nein«, sagte der Meister und lachte. »Rein gar nichts.«

Der Schüler dachte intensiv nach. »Weisheit bedeutet also, stets seinen Blickwinkel zu erweitern«, sagte er langsam, schaute den Meister fragend an und kaute an seiner Birnenspalte.

»Genauso und nicht anders ist es!«, rief der Meister. »Wahre Weisheit ist sich niemals selbst genug. Dein Denken, dein Blick auf das Leben ist dein ganz persönliches Fernglas. Du kannst dich damit von deinem Blickwinkel aus ganz gut orientieren. Aber niemals...«

»...ist es alles«, ergänzte der Schüler.

Der Meister nickte. »Den Blickwinkel des Nächsten miteinzubeziehen ist keine Schwäche. Nur wer das Fernglas dann und wann sinken lässt, kann erkennen, worauf er es eigentlich richten sollte.«

Die Schüler folgten seinem Blick. Hinter ihnen zogen Sternschnuppen um Sternschnuppen über das Firmament. Und für alle bis auf einen hatte zumindest an diesem Abend Weisheit sehr viel damit zu tun, an der Kante des Dachs die Füße baumeln zu lassen, süße Trockenfrüchte zu essen und den Sternschnuppen zuzuschauen.

03 **FUNKENSCHLAG**

Es war allgemein bekannt, dass viele weise Männer und Frauen die Einsamkeit der Berge schätzten. Dort fiel nämlich jegliche Ablenkung von der Konzentration auf das innere Ziel weg. Dann und wann kam es vor, dass ein Schüler den Wunsch äußerte, sich für einige Zeit in die Abgeschiedenheit zurückzuziehen. Der Meister erklärte ihm dann den Weg zu einer Höhle, die er etwa einen Tagesmarsch entfernt für diese Zwecke hergerichtet hatte. Es gab dort Beerensträucher und wildes Obst, und drinnen lagerten einige Gerätschaften und Werkzeuge, um die nötigsten Arbeiten zum Leben verrichten zu können.

Der Meister selbst hielt wenig vom Einsiedeln. Wenn jedoch ein Schüler das Bedürfnis hatte, es auszuprobieren, sagte er: »Mach nur – und dann komm und sag mir, was du erlebt und gelernt hast.«

»Ich habe eine Frage«, sagte eines Tages ein Schüler, der schon länger beim Meister war. »Wie so mancher vor mir denke ich darüber nach, mich für eine Weile in die Stille zurückzuziehen, um ungestört zu sein und mich zu ordnen. Ich kann mich jedoch des Eindrucks nicht erwehren, dass Ihr diesen Gedanken eher belächelt als fördert. Warum ist das so?«

Der Meister überlegte kurz. »Ich bin mir sicher, dass du von selbst draufkommst«, sagte er freundlich. »Aber ich werde dir gerne dabei behilflich sein. Komm mit. Bei den Birken hinten am Hang haben wir alles, was wir dafür brauchen.«

Die beiden verließen den geräumigen Innenhof, den das Hauptgebäude umrahmte, durchschritten den Garten und näherten sich der Stelle, an welcher der Hügel sich steil nach oben erhob. Dort wuchsen Birken unterschiedlicher Größe, die sich mit ihren starken Wurzeln verankerten, wo andere Bäume keinen Halt fanden.

Der Meister schaute sich um. Er brauchte nicht lange zu suchen, um einen runden, metallisch schimmernden Stein zu finden. Er hob ihn auf und reichte ihn seinem Schüler. »Dieser Stein eignet sich hervorragend zum Feuermachen«, erklärte er.

Der Schüler nickte. »Das stimmt. Er erzeugt starke Funken, mit denen man als Geübter schnell ein Feuer entzünden kann.«

Der Meister wandte sich einer nahen Birke zu. Ihre Rinde war von einer hauchdünnen papierenen Schicht umhüllt, welche dem Baum seine charakteristisch weiße Farbe verlieh. Schnell hatte der Meister eine kleine Handvoll der trockenen Fasern heruntergezupft. Aus ihnen formte er ein Gebilde, welches wie ein kleines Nest aussah.

»Dass die Birkenrinde sich hervorragend als Zunder eignet, brauche ich dir ja nicht zu erklären. Ein paar Funken hier hinein, ein bisschen Luft...«, er blies sanft auf das Gebilde, »...und du hast den Start für dein Feuer geschafft.«

Er hielt dem Schüler das Birkenrindennest hin. »Hier, nimm auch das. Und jetzt mach damit ein Feuer.«

Der Schüler blickte auf den Feuerstein, dann auf den Zunder. »Ich kann damit kein Feuer machen«, sagte er.

»Dieser Stein macht nicht von alleine Funken.« Zur Demonstration schüttelte er den Stein. Es kamen keine Funken heraus.

Der Meister schmunzelte. »Mehr wollte ich dir nicht zeigen«, sagte er zu seinem Schüler. »Das sollte dir meine Haltung zum Einsiedeln erklären.«

Der Schüler kannte die praktischen Methoden des Meisters zur Genüge und wusste, dass sich hinter seinen Erklärungen stets weitere Entsprechungen verbargen. Er hielt den Feuerstein hoch. »Kein Ergebnis ohne einen Stein des Anstoßes.«, schlussfolgerte er.

Der Meister nickte. »Sich in die Einsamkeit zurückzuziehen ist das Gegenteil von dem, was wir hier tun.« Er griff in die Tasche und holte einen scharfkantigen weißen Stein hervor. »Dieser hier ist härter. Er selbst kann keine Funken absondern. Doch er kann sie dem anderen entlocken.«

Er reichte auch diesen Stein seinem Schüler. Der nahm ihn und betrachtete ihn nachdenklich. »In der Einsamkeit kann man seine Weisheit schärfen, soviel man will,« sagte er. »Oder man kann alle Voraussetzungen für Erkenntnis in sich tragen und trotzdem kein Ergebnis hervorbringen.« Er blickte auf den runden Stein in seiner anderen Hand.

Der Meister nickte. »Genau das war auch meine Erkenntnis, als ich einmal dachte, dass das Einsiedeln ein Weg für mich sei. Die Stille kann tatsächlich äußerst hilfreich dabei sein, sich zu ordnen und Kraft zu schöpfen. Aber was dann?« Er bedeutete dem Schüler, die Rinde in Brand zu setzen.

Der legte das Zundernest auf den steinigen Boden und entzündete es mit wenigen geschickten Handgriffen. Gemeinsam sahen sie der hellen Flamme zu, welche die Birkenrinde aufzehrte.

Der Meister legte trockene Zweige auf die verbrennende Rinde. Kurze Zeit später blickten die beiden in die ruhigen Flammen eines kleinen Feuers.

»Manchmal muss es sich eben reiben«, sagte der Meister und lachte gutmütig. »Denn nur gemeinsam lässt sich etwas von wahrer Bedeutung entfachen.«

Früh am Morgen saß der Meister unter den mächtigen Ästen des alten Ahornbaums, der gleich neben dem Anwesen auf dem Hügel wuchs. Er ließ die Gedanken wandern, genoss die Stille und ließ den klaren Morgen auf sich wirken. Irgendwann bemerkte er einen seiner Schüler, der sich genähert hatte, jedoch in sicherer Entfernung wartete, bis der Meister seinen Gedanken nachgegangen war. Er grüßte ihn freundlich und winkte ihn zu sich.

»Welchem Umstand verdanke ich deine frühe Gesellschaft?«, fragte er ihn. Der Schüler zögerte, doch der Meister nickte ihm aufmunternd zu.

»Ich bin nun schon eine ganze Weile bei Euch«, begann der Schüler zögernd. »So oft sprecht Ihr davon, wie wichtig es ist, Gott zu lieben. Ich kann Euch auch ganz gut folgen und verstehe die Gründe, warum Ihr so empfindet. Doch ganz gleich, was ich tue – Gott bleibt für mich eine Ehrfurcht einflößende, mächtige und unfassbare Größe. Oh, ich bestaune Ihn und seine Werke. Aber ich kann Ihn nicht fühlen. Ich weiß nicht, wie ich Ihn lieben soll. Das lässt mich manchmal kaum schlafen.«

Der Meister blickte sich um, bückte sich und hob eines der Blätter auf, die der Wind dem Baum entrissen hatte. Er reichte es seinem Schüler. »Beschreibe mir dieses Blatt hier«, forderte er ihn auf. »Sag mir, welche Besonderheiten du an ihm entdecken kannst.«

Der Schüler besah sich das Blatt eingehend. »Es ist

gelb verfärbt und hat einen Rand mit vielen Spitzen«, meinte er schließlich. »Und am Blattansatz teilt sich der Stiel in mehrere Blattadern.«

»So ist es.« Der Meister nickte. »Aber schau noch genauer hin.« Er strich mit dem Finger eine der Adern entlang. »Siehst du, wie an diese große Ader viele kleine anschließen? Und diese teilen sich wiederum. In ein Netzwerk aus nochmals feineren Äderchen, die trotz ihrer Kleinheit alle mit dem Stiel verbunden sind. Warum ist das wohl so?«

Der Schüler drehte das Blatt zwischen den Fingern. »Es gibt dem Blatt Stabilität«, sagte er. »Und die Säfte des Baumes fließen darin.«

»Das ist richtig«, sagte der Meister. »Doch da ist noch mehr.« Er sah nach oben in die Krone des Baumes und deutete auf ihre äußersten Ausläufer. »Kommt dir dieses Prinzip bekannt vor?«

»Ah.« Dem Schüler ging ein Licht auf. »Natürlich...«, sagte er, »...die Blätter – sie sitzen an den dünnen Zweigen. Diese schließen in großer Zahl an die kleinen Äste an, die kleinen an die mittelstarken und diese wiederum an die mächtigen Hauptäste. Und die münden schließlich alle in den stattlichen Stamm.«

»Genau so und nicht anders ist es.« Zufrieden lehnte sich der Meister an den Stamm des Ahornbaums und strich sanft über die raue graubraune Rinde.

»Das Prinzip des Baumes ist bis in sein Äußerstes anzutreffen. Vom größten bis zum kleinsten Maßstab. Doch dieses Prinzip ist und bleibt das gleiche.«

Dem Schüler dämmerte langsam, worauf der Meister

abzielte. »Was heißt das für mich?«, fragte er dennoch. »So ganz praktisch – was kann ich tun, um Gott zu fassen?«

Der Meister nahm das gelbbraune Blatt, das der Schüler immer noch zwischen den Fingern hielt.

»Du kannst Gott nicht fassen? Das liegt daran, dass dein menschlicher Blick nicht weit genug reicht – so, wie ein Käfer den Baum nicht überblicken kann, wenn er auf der Blattspitze sitzt. Aber das ist doch überhaupt kein Problem.« Er hielt das Ahornblatt hoch.

»Beginne doch beim dir Fassbaren. Dort wirkt die gleiche Lebenskraft, das gleiche Prinzip wie im Stamm. Denn so ein Blatt ist schon für sich ein kleiner Baum.«

Der Schüler nickte. »Aber wer oder was sind die Blätter an Gottes Baum?«, fragte er nach kurzem Überlegen.

Die Augen des Meisters blitzten vergnügt. »Seine Geschöpfe natürlich«, sagte er. »Wir. Du und ich. Sieh dir uns Menschen an. Wir sind wie Blätter, die sich aus den Frühlingsknospen winden. Oft noch verdreht und verworren. Aber das Prinzip – es liegt auch in uns. Was du deinem Nächsten tust, das tust du auch Gott. Im Menschen kannst du das Wesen und Wirken Gottes beobachten und verstehen lernen.«

Der Schüler nickte zufrieden, doch eine letzte Frage drängte sich ihm noch auf: »Wenn Ihr mich belehrt, dann belehrt Ihr also Gott?«

Der Meister schloss die Augen, genoss die sanfte Morgensonne und lächelte. »Nein, mein Freund«, sagte er. »Dann liebe ich ihn.«

DIE GOTTESANBETERIN

An einem schönen Sommertag ging der Meister mit einem seiner Schüler spazieren und erklärte ihm vielerlei über seinen Platz in der Schöpfung. Aufmerksam hörte der Schüler zu.

Unvermittelt stoppte der Meister seine Schritte und trat an den Wegrand, den wilde Sträucher säumten.

»Komm her«, sagte er zu seinem Schüler, »...sag mir, was du hier siehst.«

Neugierig trat der Schüler neben ihn. Wenige Augenblicke später hatte er gefunden, was der Meister meinte: Eine Gottesanbeterin saß auf den dornigen Zweigen des Strauchs. Dort lauerte sie auf ihre Beute.

Der Meister wandte sich interessiert an seinen Schüler. »Was weißt du über dieses Insekt?«

»Die Gottesanbeterin hat ihren Namen daher, dass sie stunden-, ja tagelang genau so dasitzen kann – und ihre Fangarme sehen aus, als würde sie beten«, sagte der Schüler.

Der Meister nickte. »Was meinst du?«, fragte er, »Betet sie?«

Der Schüler schüttelte den Kopf. »Sie ist ein absolutes Raubtier unter den Insekten«, meinte er entschieden. »Ihre Ruhe dient nur dazu, nichtsahnende, sich nähernde Opfer blitzschnell und eiskalt zu töten.«

Der Meister nickte erneut. »Und trotzdem sage ich dir: Sie hat ihren Namen vollkommen zurecht.«

»Weshalb?«, fragte der Schüler zweifelnd, »...ich habe einmal eine dieser Fangschrecken beobachtet. Unmöglich kann man Gott anbeten, indem man andere bei lebendigem Leibe auffrisst.«

Der Meister schmunzelte. »Sie ist ein Geschöpf Gottes, das den Plan Gottes tut. Wie? Indem sie ist, wie sie ist. Dem Plan seine Liebe und Tatkraft zu schenken, ist die größte Ehrung, die ein Geschöpf Gott entgegenbringen kann. Seinen Plan zu tun ist ein wahres Gebet.«

Der Schüler ließ nicht locker. Irgendwie leuchtete es ihm einfach nicht ein. »Es ist also der Plan Gottes, dass seine Wesen bei lebendigem Leib gefressen werden?«

Nun sah der Meister tatsächlich etwas genervt drein. »Du zäumst dein Pferd von der falschen Seite auf«, sagte er geduldig. »Wenn ich ›Gottes Plan‹ sage, meine ich damit nicht, der Plan besagt, dass genau zu jener Zeit an genau jenem Ort genau jene Gottesanbeterin ein Insekt frisst. Gott gibt der Schöpfung durch Seine Liebe eine Richtung vor; sie entwickelt sich zu Ihm hin. Und da kommt es eben auch vor, dass genau jene Begebenheit passiert.«

Der Schüler dachte nach, nickte und dachte wieder nach. »Wir beten selbst oft mit Euch. Ist das kein wahres Gebet?«

Der Meister unterzog ihn einem prüfenden Blick. »Das kommt darauf an«, sagte er, »die Worte selbst sind nicht das Gebet. Die Erkenntnis für sich ist nicht die Tat. Ein Same allein ist noch längst kein mächtiger Baum. Die Worte eines Gebets können dir eine Hilfe sein, eine Erinnerung daran, dass nur die liebevolle Tat zählt.«

»Wartet«, warf der Schüler ein und musterte das Insekt, das immer noch regungslos vor ihnen auf dem Dornenzweig saß. »Wenn die Gottesanbeterin einfach nur ihr Leben lebt und ihren Instinkten folgt – was ist daran liebevoll? Wenn ich mich einfach nur von meinem Verlangen treiben ließe, wo käme ich da hin?«

Der Meister lächelte vielsagend. »Du bist ja nicht irgendein Geschöpf. Wie jedes Naturwesen nimmt die Gottesanbeterin ihren Platz in dem großen Entwicklungsplan ein, weil es ihre Bestimmung ist. Jedes Geschöpf bekommt genau die Aufgabe, die es zu bewältigen imstande ist. Deine Aufgabe als Mensch ist es, den Plan zu erkennen und ihn aus freien Stücken mit all deinen Kräften zu unterstützen. Deshalb ist das Handeln der Gottesanbeterin ihr wahres Gebet, während deine liebevollen Taten das deine sind.«

Nun wandte der Schüler den Blick von dem grünbraunen Insekt ab.

»Ich verstehe Euch jetzt«, sagte er. »Doch etwas quält mich dennoch: Wie kann ich feststellen, ob meine Taten tatsächlich in Ordnung sind?«, fragte er den Meister. »Egal was ich tue, ich bin mir nie sicher, dass es alles ist, was ich geben kann. Dafür verstehe ich noch viel zu wenig. Dafür kenne ich mich nicht gut genug. Oft sage ich mir...«

»Halt!«, unterbrach ihn der Meister entschieden. »Du bist schon wieder dabei, dein Pferd von hinten aufzuzäumen.«

»Ich bin eben nicht perfekt«, meinte der Schüler zerknirscht.

»Halt!«, rief der Meister erneut. »Wie kommst du auf

die Idee, du könntest oder solltest perfekt sein? Perfektion ist der Inbegriff Gottes.«

Er machte eine Pause, damit der Schüler das Gesagte verarbeiten konnte.

»Aber wenn du dich ganz in seinen Plan hineinstellst, dann – und nur dann – hast du als Mensch Anteil daran. Siehst du? Perfekt ist, auf dem Weg zu sein. Perfekt ist, diesen Weg zu lieben.«

»Zu lieben«, wiederholte er gutmütig und legte seinem Schüler eine Hand auf die Schulter. »Das Verstehen kommt dann von selbst.«

DER MEISTER UND DER ESEL

Der Meister hatte seinem Schüler das Zähmen eines wilden Esels zugeteilt, der in der Dämmerung durch das offen gelassene Gatter in den Garten gekommen war und sich an den prächtigen Krautköpfen erfreut hatte. Der Schüler war schon lange beim Meister, doch er war immer noch ein ungeduldiger Mensch, was durch seine langsamen Fortschritte weiter verstärkt wurde.

Mit dem Zähmen des Esels hatte er seine liebe Müh; all seinen Bemühungen zum Trotz sprang der Esel hierhin und dahin und rührte sich gleich darauf eine Stunde lang gar nicht mehr vom Fleck. Streckte der Schüler die Hand nach ihm aus, biss der Esel danach. Ging er hinter ihm vorbei, trat er in seine Richtung. Schließlich gab er entnervt auf, legte sich ins Gras und starrte das graue Tier finster an. So verstrich die Zeit bis zum Mittag.

Als der Schüler nach dem Mittagsmahl auf dem Weg hinaus zur Koppel war, traute er seinen Augen kaum.

Der Meister kam soeben mit dem Esel vom Dorf herauf, führte das seelenruhige Tier zurück in die Koppel und lud zwei Säcke Korn von dessen Rücken.

Schnell lief der Schüler zu ihm hin. »Meister!«, rief er erfreut, »wie habt Ihr das nur gemacht? Wie habt Ihr dieses störrische Biest nur gebändigt?«

Der Meister hielt dem Esel eine Handvoll Körner zur Belohnung hin. Während das Tier fraß, wandte er sich dem Schüler zu.

»Nun, dafür braucht es eigentlich nur eine einzige wichtige Voraussetzung: Die beiden größten Kräfte im Menschen müssen ins Gleichgewicht gebracht werden.« Er sah seinen Schüler neugierig an, als warte er darauf, was diesem dazu einfiel.

Der schaute enttäuscht. »Das sagtet Ihr mir schon am Morgen: Die Liebe und der Wille. Aber das ist doch nicht alles! Euren Erklärungen mangelt es immer an den wichtigsten Hinweisen.«

»Im Wesentlichen...«, sagte der Meister gelassen, »... ist das tatsächlich schon alles. Und an Hinweisen in meinen Erklärungen mangelt es nie. Du bist mein Schüler. Es ist deine Aufgabe, sie zu verstehen.«

Diese Worte ärgerten den Schüler. »Nie sagt Ihr mir die ganze Wahrheit!«, ereiferte er sich. »Könnt Ihr mir nicht ein einziges Mal schon am Anfang sagen, worum es wirklich geht?«

Der Meister nickte verständnisvoll. »In Ordnung, mein Lieber. Dann lass mich dir einmal ein Stück des Weges abnehmen: Der Esel zeigt dir deutlich deine große Ungeduld auf. Bändigst du sie, indem du deinen Willen der Liebe unterwirfst, wird sich sicherlich auch der Esel deinem Willen fügen. Wenn wir unsere Schwächen zähmen, dann dienen sie uns – so wie mir dieser Esel dient. Du kannst dann Dinge tun, zu denen du sonst nicht in der Lage wärst. Ich hätte die zwei Säcke Korn in dieser kurzen Zeit nicht ohne den Esel herbeischaffen können. Was kannst du daraus schließen?«

Der verärgerte Schüler überlegte. Da kam ihm eine Idee. »Ihr habt meinen Esel gezähmt, einfach so«, sagte er schlau. »Bitte seid doch so gut und zähmt auch meine Schwächen, so dass sie mir dienen müssen. Für Euch kann das doch kein Problem sein!«

Der Meister schmunzelte. »Was bist du nur für ein Dummkopf«, sagte er freundlich. »Jeder muss seinen Esel selber zähmen. Dieser hier...«, er tätschelte dem Tier an seiner Seite die Schulter, »...ist meiner. Ich habe ihn schon vor Jahren gezähmt. Du hole lieber mal deinen. Er ist vorhin ausgebrochen und frisst schon wieder unser Kraut.«

Ein Schüler war auf dem Weg zum Geräteschuppen, als sein Blick auf den Meister fiel, der regungslos vor dem Holzstoß kniete und die Stirn an die Birkenscheite lehnte. Erschrocken lief er zu ihm hin. Hatte der Meister sich etwa verletzt?

Erleichtert stellte er fest, dass dem nicht so war. Im Gegenteil: Der Meister hatte den Herbeieilenden bemerkt und schaute mit fröhlicher Miene zu ihm auf.

»Komm her!«, rief er leise und winkte seinen Schüler zu sich. »Du musst dir das unbedingt anschauen!«

Neugierig trat der Schüler näher, um dann neben dem Meister in die Hocke zu gehen. Er sah sich um, doch es wollte ihm nichts Außergewöhnliches auffallen. »Was meint Ihr?«, fragte er deshalb.

Der Meister deutete auf ein Loch zwischen den aufgeschlichteten Holzscheiten. »Schau hier durch!«, sagte er.

Nun sah der Schüler, was der Meister meinte. Auf der anderen Seite – in einer Nische zwischen Holzstoß und Schuppenwand – hüpfte ein braun geschecktes Amselweibchen herum. Es zupfte und pickte an dem, was wohl ihr Nest werden sollte.

»Toll«, sagte der Schüler, nachdem er dem fleißigen Vogel ein wenig bei der Arbeit zugesehen hatte. »Aber ich werde lieber selbst wieder bei meiner Arbeit weitermachen.« Er lachte. »Eigentlich bin ich ja nur hier, um geeignetes Werkzeug aus dem Schuppen zu holen. Beim Umgraben habe ich einen Stein im Beet gefunden,

den ich mit dem Spaten allein nicht herausbekomme.«

Der Meister lächelte. Der Fleiß und die Hilfsbereitschaft des Schülers machten ihn zu einem allseits geschätzten Kameraden. Deshalb entschied der Meister, die Gelegenheit zu nützen und ihm im Gegenzug die Freude an den kleinen Dingen des Lebens nahezubringen.

»Bleib doch noch ein bisschen hier und staune mit mir über dieses Wunder der Natur!«, sagte er deshalb. »Findest du es nicht erstaunlich, dass ein kleiner unscheinbarer Vogel zu solch einem Kunstwerk fähig ist?«

»Ja, eigentlich schon...«, sagte der Schüler. Die Faszination des Meisters für die Natur hatte er noch nie zur Gänze nachvollziehen können. Er stand von seinem Beobachtungsposten auf. »Sie ist weggeflogen«, erklärte er.

Der Meister betrachtete seinen Schüler nachdenklich. »Du verstehst noch nicht, warum es mir soviel bedeutet, die Vorgänge in der Natur zu beobachten.« Er überlegte. »Uns Menschen ist zu eigen, dass wir unglaublich komplexe Gedankengänge fassen können«, sagte er schließlich. »Die Erfahrung, dass die großen Momente des Menschseins jedoch oft ganz einfach sind, ist sehr heilsam für das menschliche Gemüt.«

Der Meister warf selbst wieder einen Blick durch die Öffnung im Holzstoß. »Hmm... Es schaut ganz danach aus, als ob unsere Amsel mit dem ersten Arbeitsschritt fertig ist. Sie hat sich ihren Nistplatz gut hergerichtet. Jetzt sucht sie wohl wesentlich feineres Baumaterial, um das eigentliche Nest zu bauen.«

Es verhielt sich genau so, wie der Meister gesagt hatte. Noch während er erklärte, war der braune Vogel mit einem Schnabel voll trockener Halme zurückgekehrt und zupfte und knickte diese zurecht.

Der Meister lächelte. Seine ehrliche Freude gab dem Schüler zu denken, der den Ausführungen zwar gespannt zuhörte, aber das Gefühl hatte, ihnen nicht zur Gänze folgen zu können.

»Es ist mir ein Rätsel, was mir hier entgeht«, meinte er deshalb. »Mir ist, als ob Ihr hier etwas Gewöhnliches zu einem Wunder macht. Bitte erklärt mir, was an einer nistenden Amsel so außergewöhnlich ist!«

»Einfach alles«, sagte der Meister. »Du bist dir dessen nur noch nicht bewusst. Wir Menschen neigen dazu, innerlich abzustumpfen. Wir sind träge, und was uns alltäglich scheint, bedarf keiner weiteren Beschäftigung. Deshalb schauen wir oft nicht näher hin.« Er schüttelte den Kopf. »Zu staunen bedeutet nicht, etwas als Wunder darzustellen. Es bedeutet, das Wunder zu erkennen.«

In den Worten des Meisters lag eine große Sanftheit, und dennoch waren sie voll Nachdruck. Sie berührten den Schüler tief, auch wenn er nicht genau verstand, weshalb sie das taten.

»Es wäre schön, wenn ich so fühlen könnte«, sagte er deshalb. »So staunen zu können wie Ihr, das stelle ich mir wunderbar vor. Es ist unübersehbar, welche Freude es Euch bereitet.« Er verzog das Gesicht. »Und trotzdem sehe ich hin und denke nur: Naja, eine Amsel eben...«

Der Meister nickte verständnisvoll. »Keine Sorge – Staunen ist wie Sehen: Wenn du die Augen öffnest, dann siehst du auch schon. Genauso verhält es sich mit dem Staunen: Wenn du die Schöpfung mit deinem inneren Blick betrachtest, kannst du gar nicht umhin, von ganzem Herzen berührt zu sein.«

Der Schüler blickte sich um. Leuchtend grüner Efeu rankte sich an der Schuppenwand. Unten im Tal blökten die Schafe. Vor ihm auf dem Holzstoß krabbelte ein Marienkäfer. Ihm war, als könne er ein klein wenig von dem empfinden, was der Meister meinte.

»Es gibt also nichts, das nicht außergewöhnlich ist«, sagte er abschließend. »Und wenn ich lerne, das Große im Kleinen zu erkennen, wenn ich mehr und mehr Zusammenhänge begreife und von ganzem Herzen darüber staunen kann – werde ich dann ein ebenso glücklicher Mensch wie Ihr?«

Der Meister nickte. »Wir sind Beschenkte«, sagte er. »Und wer staunt, der wächst, lernt Gott zu erkennen und lebt aus ganzem Herzen.«

»Ist es wirklich so einfach?«, fragte der Schüler.

»Es ist wirklich so einfach«, sagte der Meister.

08

ZWISCHEN DEN WEIDEN

G emeinsam mit einem seiner Schüler war der Meister zu einer längeren Wanderung aufgebrochen. Er hatte ihn nicht zufällig ausgewählt; ein klärendes Gespräch war von großer Wichtigkeit.

Zur Mittagszeit hatten die beiden das Dorf und die nächstgrößere Stadt hinter sich gelassen und den großen See erreicht, welcher das kleine Tal mit der fruchtbaren Ebene verband. Silberweiden säumten das Ufer. Sie hatten erst kürzlich geblüht. Nun gaben sie ihre winzigen weiß-wolligen Samen frei, die zu Abertausenden über dem See schwebten und jede Luftbewegung sichtbar machten.

»Das ist ein Ort, den ich ganz besonders mag«, sagte der Meister. »Hier lässt es sich richtig gut nachdenken – und die Antworten auf viele Fragen kommen fast von allein.«

Der Schüler nickte. »Das trifft sich gut«, sagte er, »ich will Euch nämlich etwas fragen, das mich schon länger umtreibt: Mir fällt immer wieder auf, dass bei uns weit weniger passiert, als möglich wäre. Bitte versteht mich nicht falsch. Ich schätze das, was wir auf unserem Hof tun. Doch wir könnten die Möglichkeiten, die sich uns bieten, wesentlich besser nutzen. Im Garten könnten wir Pflanzen anbauen, die bessere Erträge bringen, und diese dann verkaufen – oder bedürftigen Menschen geben. Wir könnten Arbeiter in unsere Werkstätten nehmen, damit sie Dinge entwickeln, die den Menschen weiterhelfen. Wir könnten all das Wissen dieses Ortes in Bücher packen und es mehr Interessierten zugänglich machen als uns wenigen Schülern. Unsere Schule genießt hohes Ansehen – es wäre uns ein Leichtes, unseren Einfluss zu nutzen, um vieles zum Guten zu verändern.«

Der Meister packte die Jause aus, die in seinem Rucksack verstaut war. Brot, Käse und eine Salatgurke erblickten das Tageslicht. »Wenn du nicht in Zeit denkst, sondern in Entwicklung, dann tun wir all das bereits«, sagte er.

Der Schüler war verwirrt. »Nein«, sagte er, »wir tun nichts davon.«

Der Meister fing einen der wolligen Weidensamen, die im Wind trieben wie schwerelose Schneeflocken. Inmitten der feinen Härchen war der winzige Samenpunkt kaum auszumachen. »Ist das eine Weide?«, fragte er seinen Schüler.

»Noch nicht«, sagte dieser.

»Aber kann es etwas anderes werden als eine Weide?«, hakte der Meister nach.

»Nein«, sagte der Schüler. »Es wird eine Weide daraus entstehen.«

Der Meister lächelte. »Deine praktischen Vorschläge über das, was wir alles tun könnten, sind gut. Ihre Umsetzung ist sogar eine logische Konsequenz unseres Weges. Die Frage ist aber nicht, warum wir es nicht längst tun, bereits getan haben oder es je tun werden. Lass uns lieber hinterfragen, was die Voraussetzungen dafür sind, dass es auch tatsächlich geschieht.«

Er brach ein Stück Käse ab, geräuchert, mit Gewür-

zen und Nüssen. Das Stück reichte er seinem Schüler. Dieser freute sich sichtlich. »Mein Lieblingskäse«, erklärte er zufrieden und biss ab.

»Ich weiß«, sagte der Meister. »Genau deshalb habe ich ihn auch eingepackt – weil ich dir eine Freude machen wollte. Weißt du, warum mir solche Dinge wichtig sind?«

Der Schüler kaute und überlegte. »Weil Ihr mein Freund seid«, sagte er schließlich.

»Das bin ich«, bestätigte der Meister. »Aber wie komme ich dazu? Ich könnte ja auch einfach nur dein Lehrer sein, der dir sagt, was du tun musst.«

»Es liegt an Eurem Charakter«, sagte der Schüler, »... an Eurer Persönlichkeit. Ihr versucht, allen ein Freund zu sein.«

»Das versuche ich«, pflichtete ihm der Meister bei. »Und obwohl es nicht immer zu meiner Zufriedenheit gelingt, so hat es mich dennoch dazu veranlasst, dir diesen Käse mitzunehmen und nicht den mit Kümmel.«

Der Schüler schmunzelte. »Glück gehabt«, sagte er, »Ihr könnt mit Euch sehr zufrieden sein.«

Der Meister lachte, doch er ließ nicht locker. »Ich würde behaupten, nicht immer ein so großer Menschenfreund gewesen zu sein, wie ich es jetzt bin. Weshalb um alles in der Welt wurde ich dann zu einem?«

Der Schüler sah hinaus auf den See und dachte nach. Schließlich kam er auf die einzig brauchbare Antwort. »Weil Ihr einer werden wolltet«, sagte er. »Weil es Euch wichtig war.«

Der Meister nickte. »Es war mir wichtig genug, um

mir diese Eigenschaft anzueignen. Doch warum war es mir wichtig?«

Nun waren die beiden dem Kern der Sache schon sehr nahe gekommen. Mit großer Intensität fuhr der Meister fort: »Wichtig ist einem Menschen, was er liebt. Und was ein Mensch mit seiner Liebe ganz erfasst, das wird er in die Tat umsetzen. Um jeden Preis, ohne Ausnahme, auch dann, wenn sich Widrigkeiten ergeben. Diese unscheinbare Tatsache ist essenziell für alles, was aus ihr entsteht.«

Er gab den Samen wieder frei, den er zwischen Daumen und Zeigefinger gehalten hatte. »Was auf echter Liebe beruht, kann nichts anderes als entsprechende Ergebnisse hervorbringen. Deshalb stellt sich nicht die Frage, ob wir all die guten Dinge tun werden, die du aufgezählt hast. Es ist unausweichlich, dass wir sie in die Tat umsetzen werden, wenn unsere Liebe groß genug ist, um uns dazu zu drängen.«

»Aber das tut sie ja bereits«, sagte der Schüler eindringlich.

»Wunderbar!«, rief der Meister. »Dann sei der Erste, der damit beginnt, besser geeignetes Saatgut für unseren Garten ausfindig zu machen. Nutze die Werkstätten, um mit Entwicklungskraft und Erfindergeist Gutes zu bewirken. Schreibe Bücher, um das, was du erkannt hast, weiterzugeben.«

Der Schüler überlegte. »Ich würde ja gern«, sagte er, »aber ich kann das nicht allein.«

Der Meister blickte seinen Schüler fragend an. »Allein? Ist dir die Umsetzung deiner Ideen etwa nicht wichtig genug, um andere Menschen mit ins Boot zu holen, damit es möglich wird?«

Darauf wusste der Schüler keine Antwort. »Wenn man Euch so zuhört«, begann er vorsichtig, »dann könnte man zu dem Schluss kommen, dass wirklich alles, was wir tun, in unserem Inneren seinen Ursprung hat. Je nach der Beschaffenheit unserer Liebe eben.«

»Man könnte zu diesem Schluss kommen«, bestätigte der Meister. »Und man hätte damit durchaus recht.«

09

VOM KÄMPFEN

Es war ein glutheißer Sommertag, als ein Schüler nach langem Hin und Her endlich seine Schwächen erkannt hatte. Er war stolz auf sich. Er schwor sich, ihnen nie wieder nachzugeben.

»Ich werde nicht zulassen, dass meine Schwächen mich jemals wieder beherrschen«, sagte er grimmig zum Meister.

»Wie gedenkst du das zu tun?«, fragte dieser interessiert.

Der Schüler überlegte nicht lang. »Ich werde mich schützen«, sagte er bestimmt. »Mit meinem kräftigsten Willen werde ich mich der Versuchung entgegenstellen.«

»Ich verstehe.« Der Meister bedachte ihn mit einem nachdenklichen Blick. »Du stellst dir einen gerüsteten Krieger vor«, sagte er. »Seine undurchdringliche Panzerung verhindert, dass ihn Lanzen, Schwerter und Pfeile verwunden. Gewaltig wütet er auf dem Schlachtfeld. Seine Gegner fürchten ihn, sie fliehen bei seinem Erscheinen…«

Die Augen des Schülers leuchteten. Die beschriebene Szene entsprach ganz seiner Vorstellung. »Ja, Meister, genau so möchte ich in mir sein.«

Der Meister nickte verständnisvoll. »Du musst jedoch wissen«, sagte er, »dass auch mit der schwersten Panzerung und dem schärfsten Schwert kein Krieger unverwundbar ist. Selbst die stärksten Kämpfer ermüden. Ihre Panzerung bekommt Schwachstellen. Auch sie werden in die Knie gezwungen. Und obwohl sie sich stets wieder aufrichten, werden sie doch immer wieder aufs Neue geschlagen – dann, wenn sie es am wenigsten vermuten. Deshalb ist Kämpfen keine Lösung.«

»Was meint Ihr?« Verständnislos starrte der Schüler seinen Mentor an. »Zu kämpfen ist doch das Einzige, was ich tun kann!«

Der Meister lächelte. »Komm mit!«, sagte er. Kurz entschlossen führte er seinen Schüler an den nahen Fluss. Der war hier zwar nur wenige Schritte breit, floss aber ruhig und beständig dahin. Gemeinsam traten sie an das überhängende Ufer.

»Schau dir die Strömung an«, erklärte der Meister. »Die Strömung des Flusses ist kräftig und verweilt nie. Manchmal führt sie seltsame Dinge mit sich. Von Zeit zu Zeit regnet es und sie wird stärker, um später wieder abzunehmen. Im Grunde verhält sie sich also wie der Gegenstrom deiner Schwächen. Bist du bereit zu kämpfen?«

Der Schüler nickte. Schmunzelnd gab ihm der Meister einen Schubs. Mit rudernden Armen fiel der Schüler in den Fluss. Als er prustend auftauchte, hatte ihn die Strömung bereits ein Stück weit abgetragen. Rasch begann er, sich mit kräftigen Schwimmzügen über Wasser zu halten.

»Meister«, rief er ungehalten, während er sich Mühe gab, nicht wegzutreiben, »Ihr hättet mich auch bitten können, selbst hineinzuspringen!«

»Oft erfolgt der Angriff dann, wenn du es am wenigsten erwartest!«, rief der Meister zurück, »Aber jetzt schwimm so fest du kannst!«

Der Schüler schluckte seinen Ärger hinunter und legte sich ins Zeug. So gelang es ihm, einige Meter gutzumachen. Schließlich war er auf gleicher Höhe wie der Meister.

»Siehst du«, sagte dieser seelenruhig, »...so verhält es sich mit deinem Kampf gegen die Schwächen. Weiter, vorwärts! Besiege die Strömung mit deinem mächtigen Willen!«

»Nein«, keuchte der Schüler, der sich verausgaben musste, um die Strömung auszugleichen, »mir geht die Kraft dazu aus.«

Der Meister nickte und bückte sich. »Komm raus«, sagte er. Der nasse Schüler ergriff die ausgestreckte Hand und kletterte aus dem Wasser. Erschöpft ließ er sich an den Uferrand fallen und betrachtete den Fluss, dessen Wassermassen sich weiterhin vorwärts schoben, als wäre nichts gewesen.

»Viele Menschen lassen sich treiben«, sagte der Meister nach einer Weile. »Sie sagen zu sich: ›Warum kämpfen, wenn das einzige Ergebnis ist, dass ich mich verausgabe und vor Verzweiflung ertrinke!‹ Haben sie damit recht?«

Langsam kam die Atmung des Schülers wieder zur Ruhe. Er nickte bedächtig. »Zu kämpfen verändert nichts«, sagte er. »Das sehe ich nun ein.«

»Was verändert dann etwas?«, hakte der Meister nach.

Der Schüler begann, das Wasser aus seinen Gewändern zu winden. Bei der Hitze würden sie in Kürze wieder trocken sein. »Ans Ufer klettern verändert etwas«, sagte er.

»Richtig!« Der Meister war hocherfreut. »Nicht die Schwächen zu bekämpfen, sondern sie hinter sich zu lassen – das ist die Lösung! Jeder Mensch strebt nach Frieden in sich. Aber wahren Frieden kann nicht erlangen, wer sich treiben lässt, sondern nur, wer über den Kampf hinauswächst. Und wenn Frieden einzieht, ermöglicht das einen ganz neuen Blickwinkel auf die Lage.«

Interessiert sah der Schüler zu ihm auf.

»Warum den Fluss bekämpfen...« der Meister hob einen Zeigefinger, »...wenn du ihm auftragen kannst, stets Wasser auf deine Mühlen zu bringen und deine Felder zu bewässern? Siehst du – wie alles hat der Fluss eine wahre Bestimmung.«

Zufrieden betrachtete er seinen Schüler. »Und die ist auch, dass der Mensch, wenn er es braucht, von Zeit zu Zeit einmal nass wird.«

10

VOM LERNEN

Ein junger Mensch, der gern Schüler des weisen Meisters werden wollte, kam zu diesem. »Meister«, sprach er, »ich möchte unbedingt so weise werden wie Ihr. Am besten, ich fange noch heute damit an. Ich bin wissbegierig und lerne schnell.«

Der Meister sah ihn eindringlich an und nickte schließlich. »Es ist für dich von Vorteil, das Handwerk eines Steinmetzen zu erlernen«, sagte er. »Darin liegt für dich ein Schritt zur Meisterschaft.«

Dem jungen Menschen passte das nicht so ganz. »Meister, ich bin ungeschickt mit den Händen, was feine Arbeiten betrifft. Sie zittern nämlich und ich kann nichts dagegen tun.«

Doch der Meister sagte nichts mehr darauf. Dem Rat des Meisters vertrauend zog der Schüler aus, um das Steinmetzhandwerk zu erlernen.

Viele Monate später kam er wieder. Als er vor den Meister trat, sagte er: »Meister, ich bin nun nicht mehr ganz so ungeschickt mit den Händen. Sie haben sogar aufgehört zu zittern. Ist es das, was Ihr wolltet?«

Der Meister ging jedoch auf die Frage nicht weiter ein. »Als du deiner Arbeit nachgingst, was hast du geformt?«

»Den Stein«, sagte der Schüler.

»Den Stein?« Der Meister überlegte. »Nun, dann ist es für dich an der Zeit, etwas anderes zu erlernen. Geh hinaus in die Welt«, sagte er, »und lerne, wie es ist, ein Zimmerer zu sein.«

Der Schüler zog aus, um ein Zimmerer zu werden, doch bei sich dachte er betrübt: ›Ich kann ja nicht einmal meinen Rucksack besonders weit schleppen, ohne dass mir die Puste ausgeht. Wie wird es mir da erst beim Zimmern ergehen, mit den langen schweren Balken und den großen Hobeln?‹

Dennoch bemühte er sich redlich, und zwei Jahre später besuchte er den Meister erneut. »Meister«, begrüßte er ihn freundlich, »seht nur, wie stark ich geworden bin. Ich habe nun keine Angst mehr, dass mir je etwas zu schwer werden könnte oder eine Arbeit zu hart. Ist es das, was Ihr wolltet?«

Da fragte ihn der Meister: »Als du deiner Arbeit als Zimmerer nachgingst, was hast du dabei geformt?«

»Viele verschiedene Hölzer«, sagte der Schüler.

»Hölzer«, sagte der Meister und überlegte. »Dann ist es an der Zeit für dich, Lehrer zu werden. Unten im Dorf ist eine Schule. Dort fängst du schon morgen an.«

Der Schüler wusste nicht so recht, was er dort lernen sollte, doch er hatte das Gefühl, seinem Ziel etwas näher zu kommen und vertraute dem Meister.

Lehrer zu sein forderte den jungen Menschen mehr als alles andere. Manche Kinder waren schlimm und stritten, manche waren leise und trauten sich fast nicht, ihm eine Antwort zu geben, wenn er fragte. Es gab Kinder, die lernten schneller als die anderen, und solche, die nichts zu kapieren schienen. Doch der Schüler des Meisters überstand alles mit Geduld und einer inneren Stärke, die er mehr und mehr in sich verspürte.

»Meister«, sagte er, als er am Ende des Schuljahres

vor seinen Mentor trat, »ich habe das Gefühl, wirklich gereift zu sein. Mir ist klar geworden, dass Ihr mich nicht das Steinmetzhandwerk erlernen ließet, damit meine Hände nicht mehr zittern. Ihr tatet es, um mich geduldiger zu machen.«

Der Meister nickte.

»Ihr habt mich das Handwerk der Zimmerer erlernen lassen. Aber nur, damit ich innere Stärke gewinne, nicht nur äußere. Und es ist wirklich so, dass mir jetzt keine Aufgabe zu schwer scheint. Nun war ich Lehrer und habe all meine Erfahrung, Geduld und innere Stärke gebraucht, um meinen Schülern beizubringen, was sie wissen mussten. Danke, dass Ihr mir das ermöglicht habt.« Der Schüler stand auf und richtete sich zum Gehen. Doch der Meister ergriff seinen Arm.

»Warte«, sagte er. »Als du Lehrer warst, was hast du geformt?«

Da lächelte der Schüler. »Das gleiche, was ich geformt habe, als ich Steinmetz und Zimmerer war. Mich selbst.«

EIN BLICK IN DIE NACHT

An einem Spätsommerabend traf der Meister seine Schüler auf der Hügelkuppe hinter dem Haus an. Die Sonne war bereits untergegangen und mit ihr hatte sich der Staub des Tages gelegt. Kalt und klar brach die Nacht herein. Einige der Schüler zeigten aufgeregt nach oben in den Nachthimmel. Dort zogen vereinzelt glühende Linien aus Licht quer über das Firmament; Sternschnuppen, kleine Materieteilchen, die sich beim Eintritt in die Erdatmosphäre auflösten.

Ein Schüler bemerkte den Meister, als dieser sich näherte. »Wir unterhalten uns über die Wunder des Weltalls«, erklärte er. »Es ist kaum zu glauben, welche Mysterien dort draußen im unendlichen Raum passieren.«

»Das ist wahr.« Der Meister nickte zustimmend, während auch er ergriffen das Naturschauspiel auf sich wirken ließ. »Jedes Mal, wenn ich in den Sternenhimmel blicke, ergreift mich eine untrügliche Sicherheit«, sagte er lächelnd. »Das kommt daher, dass ich mich als Mensch beinahe unbedeutend fühle, wenn ich die Macht und die Liebe Gottes bewundere.«

Es war ungewöhnlich, dass der Meister über sich sprach und nicht über seine Schüler. Gespannt scharten sie sich um ihn, während er immer noch die Erhabenheit des Moments genoss. Keiner wagte es, ihn zu stören. Deshalb stellte er selbst die Frage, die seinem Schüler bereits auf der Zunge lag.

»Wie kann es mir Sicherheit geben, dass ich mich so klein fühle?« Der Meister wandte seinen Blick nun

doch vom Nachthimmel ab. Freundlich musterte er die Gruppe. »Weil Gottes Liebe zu jenen Geschöpfen am größten ist, die sich am weitesten von Ihm entfernt haben.«

Das löste allgemeine Verwirrung aus. »Wie kann das sein?«, fragte einer der Schüler. »Wirkt eine Kraft nicht umso stärker, je näher etwas ihrem Ursprung ist?«

»Nun«, der Meister deutete um sich, »das mag für die Welt, wie du sie kennst und erlebst, so scheinen. Ist es aber tatsächlich so?«

Nachdenklich betrachtete der Meister seinen Schüler. »Denke einmal nicht in Zeit und Entfernung. Wer von uns beiden ist in seinem Denken und Handeln wohl Gott näher?«

»Zweifellos Ihr«, sagte der Schüler entschieden.

Der Meister nickte bescheiden. »Und wen von uns beiden wird Gott dann mehr lieben? Dich oder Mich?«

Unschlüssig trat der Angesprochene von einem Bein auf das andere. »Euch?«, fragte er unsicher.

»Eben nicht«, sagte der Meister und schüttelte den Kopf. »Gottes Liebe ist nicht bloß Anziehungskraft. Gott ist, was weder die Erde für den Mond, noch die Sonne für die Erde ist. Und auch kein Magnet besitzt jene Eigenschaft, die Ihm allein zu eigen ist.« Gespannt schaute er in die Runde seiner Schüler.

»Er ist die Quelle«, sagte ein älterer aus der zweiten Reihe.

»Ganz genau!«, rief der Meister erfreut. »Gottes Liebe ist in allem. Sie ist alles. Nichts kann ohne sie bestehen. Und sie zieht all seine Geschöpfe an sich. Dich, mich, die Schwalben am Himmel, die Käfer im Boden. Sogar die Steine unter unseren Füßen stehen im Einfluss Seiner Liebe. Wäre dem nicht so, würden sie augenblicklich aufhören zu existieren. Wie kann es aber sein, dass Gott die von Ihm entferntesten Geschöpfe am meisten liebt?«

Darauf wusste keiner eine Antwort. Deshalb wandte sich der Meister wieder an den jungen Schüler.

»Denke dir Gottes Liebe wie einen Wind, der jedes Geschöpf erfasst und zu Ihm hintreibt. Stelle dir vor, du bist ein Schiff auf dem Weg in Seinen Hafen. Was kannst du tun, um schneller anzukommen? Du kannst dein Segel vergrößern.«

Angestrengt überlegte der Schüler. Plötzlich lachte er. »Das Segel ist meine Liebe zu ihm.«

Der Meister nickte begeistert. »Je mehr du Gott liebst, desto stärker kann dich Seine Kraft erfassen. Und dennoch bedeutet das nicht, dass der Wind stärker für dich weht als für andere. Er ist für alle gleich. Aber...«, sein Blick forderte volle Aufmerksamkeit, »...was ist mit jenen Geschöpfen, die nicht in der Lage sind, Gott zu lieben?«

Demonstrativ nahm er einen flachen Stein vom Boden, wog ihn in der Hand.

»Die hält Er aus seiner Erbarmung fest. Er lässt sie nicht los, schafft einen äußersten Punkt, an dem sie nicht mehr weiter wegtreiben können. Und selbst wenn es Unendlichkeiten dauern sollte, bis sie ihre Segel entdecken – so werden auch sie einmal in Gottes Hafen einlaufen.

Und deshalb stärkt es mich, in den Nachthimmel zu schauen und mich klein zu fühlen. Weil Gott seine Geschöpfe so sehr liebt, dass Er sie niemals loslassen würde.«

Der Meister legte den Kopf in den Nacken und sah erneut zu den Sternen hoch. Er lächelte.

12 **DAS KOSTBARE MESSER**

Der Meister hatte einen besonders talentierten Schüler, dem er eines Tages ein einzigartiges Messer überreichte. »Dieses Messer ist eines der kostbarsten Dinge, die ich besitze«, sagte er zu ihm. »Setze es sinnvoll ein.«

Der Schüler fühlte sich geehrt, versprach dies und hängte sich das Messer an den Gürtel.

Wochen später waren Meister und Schüler draußen unterwegs. Unten im Tal wollten sie den Weidezaun der Schafe und Esel freilegen. Denn stellenweise war dieser von wuchernden Büschen und Gestrüpp an den Wiesenrändern überwachsen.

Bevor die beiden mit der Arbeit begannen, trat der Schüler zum Meister hin. Er zog das Messer aus dem Gürtel, das ihm der Meister gegeben hatte.

»Lasst mich Euch Euer Messer zurückgeben«, bat er. »Es ist mir zu kostbar, als dass ich damit auch nur einen Schnitt machen wollte.«

Der Meister nahm das Messer und warf es ohne ein Wort in den Fluss, wo es glitzernd in der Strömung versank.

»Was habt Ihr nur getan?« Entsetzt lief der Schüler zum Ufer, reckte den Hals und versuchte, die kostbare Klinge im Flussbett auszumachen.

Der Meister trat neben ihn an den Uferrand. »Warum so aufgeregt?«, fragte er ihn ruhig. »Das beste Werkzeug ist doch nur eine unnötige Last am Gürtel, wenn es nie eingesetzt wird. Da ist es besser, man wirft es weg.«

Vorwurfsvoll legte der Schüler die Stirn in Falten. »Wie hätte ich es auch jemals benutzen können? Ihr sagtet, dass es von großem Wert für Euch sei! Hätte ich das Messer eingesetzt, hätte es sich abgenützt. Dann müsste ich es nachschleifen – und wäre das öfter der Fall gewesen, hätte ich schließlich vor Euch treten und sagen müssen: ›Meister, Euer einst wertvolles Messer ist nun wertlos.‹«

»Nun gut...«, holte der Meister aus, »...lass uns einmal annehmen, du wärst Besitzer eines wertvollen Messers. Schließlich, an deinem Sterbebett, fragt man dich, was du mit dem edlen Werkzeug dein Leben lang gemacht hast. Worauf du antwortest: ›Ich habe es besessen.‹ Hört sich das für dich sinnvoll an?«

Der Schüler schüttelte den Kopf. »Nein. Tut es nicht.«

»Ich sehe das auch so«, bekräftigte der Meister. »Denn der wahre Wert eines Werkzeugs liegt allein in dem, was du damit tust.«

Das schien dem Schüler einzuleuchten. Verdrossen starrte er auf die Stelle, an der das Messer versunken war.

»Ich hätte etwas damit schnitzen können«, sinnierte er. »Oh ja – vielleicht ein Kunstwerk, voller Entsprechungen, mit wunderschönen Details. Etwas, aus dem die Menschen noch in vielen Jahren etwas lernen könnten.« Er bereute sichtlich, das Messer zurückgegeben zu haben.

»Du hättest es verwenden können, um damit Gemüse zu schneiden«, sagte der Meister. »Oder um Holz zu zerkleinern. Oder für tausend andere, hilfreiche Dinge.«

Der Schüler verzog das Gesicht. »Ich kann ein gediegenes Werkzeug doch nicht für derart gewöhnliche Arbeiten verwenden«, meinte er zögernd.

Der Meister war die Ruhe selbst. »Ich bin mir sicher, dass sprechen zu können wichtiger für dich ist, als ein wertvolles Messer zu besitzen.« Der Schüler nickte. »Die Sprache ist also ein überaus kostbares Werkzeug, das dir geschenkt wurde. Warum verwendest du sie dann nicht ausschließlich dafür, die größten und tiefsten Weisheiten zu äußern?«

Die Miene des Schülers hellte sich etwas auf. »Das größte Talent bleibt unter seinem Wert, wenn ich mich darin nicht übe«, sagte er schließlich.

»Wenn du dich daran nicht übst.« Sein Mentor klopfte ihm auf die Schulter. »Viel wichtiger, als ein Meister des Schnitzmessers oder der Sprache zu sein...«, er machte eine Pause –

»...ist es, ein Meister deiner selbst zu sein«, ergänzte sein Schüler.

Der Meister nickte ihm aufmunternd zu. »Und warum ist das so?«

Der Schüler kniff die Augen zusammen und dachte nach. »Weil das beste Werkzeug nicht die Fähigkeiten ersetzt, die ich mir selbst aneignen muss?«, fragte er.

»Weil dein Ausdruck nur dann vollkommen ist, wenn er deinem innersten Grund entspringt«, sagte der Meister. »Somit ist Gemüse zu schneiden – wenn es aus ehrlicher Dienlichkeit geschieht – ein weitaus besserer Einsatz für dein Messer, als damit ein Kunstwerk allein der Kunst wegen zu erschaffen.«

Während des Gesprächs der beiden war die Sonne höher in den Sommerhimmel gestiegen. Eine Zeit lang standen sie Seite an Seite und schauten zu den blitzenden Lichtreflexen hinüber, welche die Messerklinge am seichten Flussbett hervorrief.

»Ihr habt diese Situation mit Absicht herbeigeführt.« Der Schüler musterte den Meister von der Seite.

Dieser lächelte verschmitzt. »Eines meiner Talente. Aber genug der Worte.« Er hielt das Ende eines Seils hoch, das sich als Teil des Weidezauns in den Brombeerranken verheddert hatte. »Bitte sei so gut und schneide das hier frei.«

Wider Willen musste der Schüler grinsen. Er zog sich Schuhe und Socken aus, krempelte die Hosenbeine hoch und watete in den Fluss, um sich sein Werkzeug zurückzuholen.

Um Antworten auf wichtige Fragen zu erhalten, suchten zwei neue Schüler den Meister auf. Dieser hatte sich in die Bibliothek zurückgezogen und sortierte Bücher und Schriftrollen, die ihm Menschen aus allen Teilen des Landes zugeschickt hatten.

»Ihr kommt gerade recht«, sagte er zu ihnen, als sie eintraten. Er deutete auf zwei hohe Stöße auf dem Boden. »Nehmt doch bitte diese Bücher und führt sie hinunter in die Stadt. Vielleicht kann sie jemand zum Einheizen gebrauchen. Die Wärme, die sie spenden können, ist jedenfalls mehr wert als die Worte in ihnen.«

Die Schüler waren entsetzt. »Das sind doch überaus kostbare Exemplare!«, rief der eine. »Seht nur die Ledereinbände an. Die winzigen, goldenen Verzierungen!«

Der Meister schnaubte, drehte sich um und bestieg die Leiter. »Für euch«, rief er über die Schulter, »...habe ich hier genau das Richtige.«

Ganz oben auf dem Regal lag ein langes Bündel, in dunkles Leder eingeschlagen, mit dem er wieder zu den beiden hinunterkletterte. Unter der Hülle verbarg sich eine Rolle aus feinem Papier, die der Meister zwischen den Schülern am Boden ausbreitete. Eine Unzahl hauchdünner Linien bedeckte es: Ein Labyrinth aus abertausenden Gängen, das nur in der Mitte einen kleinen, freien Platz aufwies. Dorthin stellte der Meister eine fein geschnitzte Spielfigur.

»Zeigt der Figur den Weg zur Erleuchtung«, trug er

seinen Schülern auf. »Führt sie aus dem Labyrinth.« Ohne ein weiteres Wort wandte er sich wieder den Stapeln unsortierter Schriftstücke zu.

Anfangs machte die Aufgabe den beiden Schülern großen Spaß. Doch selbst nach langem Suchen hatten sie erst einen winzigen Bruchteil der Wege ausprobiert.

Kurz vor dem Aufgeben fassten sie den Entschluss, es noch einmal vom Ausgang des Labyrinths weg zu versuchen. Da machten sie eine verblüffende Entdeckung.

»Meister!«, rief der erste aufgebracht, »...dieses Rätsel ist gar nicht lösbar. Der Ausgang ist nicht mit dem Zentrum verbunden.«

Der Meister hatte seine Arbeit in der Zwischenzeit abgeschlossen. Die aussortierten Bücher lagen bereits alle auf einem Leiterwagen vor dem Haus.

»Natürlich ist das Rätsel lösbar«, sagte er und rollte den Bogen Papier zusammen. »Was ihr beide nicht geschafft habt, zu dem wird ein anderer ganz leicht in der Lage sein!« Schon ging er raschen Schrittes davon und zog den Wagen hinter sich nach.

Die Schüler bezweifelten seine Worte, hatten sie doch bewiesen, dass keiner der Gänge aus dem Labyrinth führte. Trotzdem folgten sie dem Meister mit den ausgemusterten Büchern hinab in die nahe Stadt.

Am Stadtrand spielten Kinder, die fröhlich auf die drei Ankömmlinge zuliefen, um zu sehen, was diese dabeihatten.

Der Meister zögerte nicht lange. Er entrollte die Karte mit dem Labyrinth vor ihnen auf den Bücherstapeln, die den Karren bis zum Rand füllten. Großes Staunen folgte, während er die Spielfigur in die Mitte des Papiers stellte und in die Runde gespannter Gesichter blickte. Eines der Mädchen war von den feinen Linien besonders hingerissen. Mit dem dreckigen Finger folgte es gespannt den Wegen auf dem Papier. Der Meister zwinkerte ihm zu.

»Siehst du – der hölzerne Mann ist in dem Labyrinth gefangen. Kannst du ihn befreien?«, fragte er die Kleine. »Er gehört dort nicht hin.«

Die Augen des Mädchens leuchteten, als es die Spielfigur schnappte und sie in wenigen Sprüngen quer über die gezeichneten Wege hopsen ließ – bis zum Rand des Papiers. »Ich bin draußen!«, rief sie übermütig. Das Holzmännchen in ihrer Hand machte einen Freudentanz.

Mit stillem Vergnügen lauschte der Meister dem Lachen der Kinder. Nur seine Schüler betrachteten die Szene mit hochgezogenen Augenbrauen.

»Das war doch geschummelt«, maulten die beiden später auf dem Heimweg. »Auch ein Labyrinth ist ein Rätsel, das bestimmten Regeln folgt.«

Der Meister lachte gütig. »Schummelt ein Vogel, weil er seine Flügel benutzt? Die Mauern und Gänge des Labyrinths gelten doch nur für jene, die sie akzeptieren.«

Er hielt die Rolle hoch. »Wer im Labyrinth nach Freiheit sucht, bleibt gefangen. Deshalb haben wir jene Bücher entsorgt, die wertlos sind – weil sie nichts tun, als das Labyrinth zu beschreiben.«

»Ist Wissen also schlecht?«, fragte der erste Schüler zögernd.

»Ganz und gar nicht«, entgegnete der Meister ruhig. »Es sollte dich nur nicht daran hindern, deine Flügel zu entfalten und das Labyrinth zurückzulassen. Dem kindlichen Herzen sind die Wege und Kreuzungen keine Grenzen, sondern wunderbare Muster unter den hüpfenden Füßen. Und mit einem Blick von oben weiß es mehr darüber als alle, die sich darin befinden und es ihr Leben lang studieren.«

Er warf einen Blick zurück auf die spielenden Kinder.

»Das kindliche Herz staunt über die Welt. Doch niemals lässt es sich von ihr festhalten.«

ERLEUCHTUNG

Dem Bild, das manche Schüler von Erleuchtung hatten, stand der Meister skeptisch gegenüber. Die Vorstellung von einem mystischen Ereignis, das den Suchenden in einem Augenblick in einen Weisen verwandelt, teilte er nicht. Einem seiner Schüler gaben die deutlichen Aussagen des Meisters zu diesem Thema viel zu denken.

»Ich weiß nun, was Ihr unter Erleuchtung nicht versteht«, sagte er deshalb zu ihm. »Aber worum handelt es sich denn wirklich bei diesem schwer zu fassenden Begriff?«

Der Meister dachte nach. »Das Wesen der Erleuchtung zu begreifen, bedarf tiefgreifender Erkenntnisse«, sagte er. »Und diese können nur mit erheblicher Anstrengung erreicht werden. Ist eine Antwort auf diese Frage dir das wert?«

Der Schüler kannte die Vorliebe des Meisters, die inneren Prozesse des Menschen mit handgreiflichen Beispielen zu verknüpfen. So wurde aus Erklären Erleben. »Ich würde mich darüber freuen«, sagte er.

Es war weit nach Mitternacht, als der Meister ihn weckte und ihm riet, sich warm anzuziehen. Leise tat der Schüler wie geheißen. Dann folgte er seinem Mentor hinunter in den Hof. Als sie ins Freie traten, schlugen ihnen feuchtkalte Luft und der Geruch nasser Erde entgegen. Der anbrechende Herbst hatte sie in der letzten Woche mit reichlich Regen versorgt.

»Mir nach!«, raunte der Meister. »Ich will dir etwas

zeigen.« Schon entfernten sich seine Schritte.

›Mir nach!‹ war leichter gesagt als getan. Mond und Sterne waren nicht zu sehen. Seit Tagen hüllte eine dichte Wolkendecke das Tal in farbloses Grau. Nun herrschte draußen totale Schwärze.

Mit sicheren Schritten durchquerte der Meister den Garten. Er schien sich die Position der Gemüsebeete gut eingeprägt zu haben. Sein Schüler folgte ihm stolpernd zum Tor, welches leise knarrte, als er es hinter sich zuzog.

»Wir beide werden jetzt eine Wanderung unternehmen«, erklärte der Meister. »Ich hoffe, deine Ausdauer lässt dich nicht im Stich. Der Pfad zur Erleuchtung ist nämlich kein Spaziergang.«

»Wir gehen wandern – in dieser Finsternis?«, fragte der Schüler erstaunt. »Woher wollt Ihr wissen, wohin wir uns wenden müssen?«

Die Entschlossenheit des Meisters ließ keinen Zweifel daran, dass er sich seiner Sache sicher war. »Der Weg zur Erleuchtung beginnt für jeden Menschen im Dunkeln«, sagte er. »Wer vor dem Unbekannten zurückscheut, wird nie Erfahrungen machen, die über das Bekannte hinausgehen. Erleuchtung ist jedoch der Inbegriff des Begreifens.«

Der Schüler nickte. »Ich verstehe«, ergänzte er rasch; Nicken sah man ja nicht, in einer Nacht wie dieser.

»Das ist gut!« Der Meister wandte sich zum Gehen. »Dann mach, was jeder Mensch machen muss, der seiner Nacht entkommen will. Lausche – und tu, was du für richtig hältst!«

Ohne Umschweife setzte er sich in Bewegung. Sein Schüler lauschte – und folgte hochkonzentriert den Geräuschen, welche die Schritte des Meisters verursachten. Schon bald hob der Weg an; der eben noch weiche Boden unter ihren Füßen wurde zunehmend steiniger. Sie hatten einen der schmalen Pfade erreicht, die vom Hügel aus auf die umliegenden Berge führten. Das Vorwärtskommen gestaltete sich schwierig, denn das Wandern auf dem noch regennassen Boden war kräftezehrend. Dass beim Gehen rein gar nichts zu sehen war, machte den nächtlichen Ausflug zu einer enormen Herausforderung. Schon nach kurzer Zeit hatte sich der Schüler mehrfach die Zehen gestoßen und war einige Male fast hingefallen. Dennoch gewann er mit jedem Schritt an Sicherheit, was der Meister mit einer Steigerung des Tempos beantwortete.

»Es ist die innere Stimme, welcher zu folgen der Mensch lernen muss«, erklärte er im Gehen. »Nur sie zeigt an, welche Schritte die richtigen sind. Denn in seiner inneren Nacht kann der Mensch nicht verstehen, wie der Weg zu Erleuchtung beschaffen ist. Er muss seinem Gefühl vertrauen – und dieses sagt ihm: Wer nach oben strebt, muss nach oben gehen, um nach oben zu gelangen.«

»Was ist, wenn ich mich verlaufe?«, fragte der Schüler, der die Worte des Meisters auf sich bezog. »Woran kann ich erkennen, dass ich vom Weg abkomme?«

»Daran, dass es sticht«, sagte der Meister. »Aber auch daran, wenn dein Vorwärtsschreiten keiner Anstrengung bedarf. Denn Erleuchtung ist ein hohes Ziel, das dir immer deinen ganzen Einsatz abverlangt.«

Der Weg wurde nun noch steiler. An einigen Stellen mussten die beiden sogar die Hände zu Hilfe nehmen. Das Vorwärtskommen erforderte höchste Aufmerksamkeit und löschte jegliche Zeitwahrnehmung. Irgendwann fragte sich der Schüler, wie es dem Meister möglich war, derart trittsicher auf dem Weg zu bleiben und mit kurzen Worten auf Hindernisse und Besonderheiten des Terrains hinzuweisen. Doch auch dieser Gedanke zog vorüber.

Es mussten Stunden sein, die sie bergauf unterwegs gewesen waren, als den Schüler eine plötzliche Wahrnehmung überkam. »Ich sehe etwas!«, stellte er erfreut fest. »Die Dämmerung hat eingesetzt.«

Tatsächlich sickerte das erste Tageslicht durch die Atmosphäre und schimmerte schwach im Nebeldunst.

»Achtung!«, rief der Meister als Antwort. »Wir sollten zur Sicherheit einen Moment innehalten.« Er blieb stehen.

Sein Schüler tat es ihm gleich. »Was ist los?«, fragte er stirnrunzelnd.

Der Meister drehte sich zu ihm um. »Wir sind an einem entscheidenden Abschnitt unserer Entsprechungswanderung angekommen«, erklärte er ruhig. »Denn irgendwann gelangst du an den Punkt, an dem du dem Weg des Erkennens weiter gefolgt bist, als du selbst für möglich gehalten hast. Niemand kann dich darauf vorbereiten, was es bedeutet, nicht nur zu ahnen, sondern wirklich sehend zu werden – wenn du plötzlich erkennst, was dir in deiner inneren Nacht nicht die geringste Sorge bereitet hat: Dass der Mensch ein Grenz-gänger ist.«

Er deutete nach unten.

Nach unten? Angestrengt blickte der Schüler dort-hin. Er erschrak heftig. »Meister!«, rief er entsetzt und presste sich an den Berghang in seinem Rücken. »Wollt Ihr uns umbringen?!«

Direkt neben dem Weg endete der Hang abrupt. Auch der nasskalte Nebel konnte den Abgrund nicht verbergen, der sich neben ihnen auftat. Beruhigend leg-te der Meister seinem Begleiter die Hand auf die Schul-ter. »Keine Sorge!«, sagte er. »Was du blind konntest, wird dir auch sehend ein Leichtes sein.«

Der Schüler atmete tief durch und beobachtete, wie die anbrechende Morgendämmerung immer schneller die Nacht verdrängte. Der matt beleuchtete Nebel war zwar beinah mit Händen zu greifen, doch nach und nach wurde zumindest der Blick auf einige Schrittlän-gen des nächsten Wegabschnitts frei, der steil vor ihnen lag. »In Ordnung«, sagte der Schüler schließlich und richtete sich vorsichtig auf. »Dann lasst uns weiterge-hen.«

Der Meister lächelte. »Es zahlt sich aus«, versprach er. »Du wirst schon sehen.«

Im anbrechenden Morgenlicht setzten Meister und Schüler ihre Wanderung fort. Als sie die abschüssige Stelle hinter sich ließen, war es bereits möglich, die Ve-getation der nahen Umgebung zu erkennen.

Irgendwann bemerkte der Schüler Lichtpunkte, die über ihnen durch den Nebel schimmerten. Er stutzte, als ihm klar wurde, was er sah: »Ich kann die Sterne sehen!«

Alle Strapazen vergessend eilte er vorwärts. Tatsächlich klärte sich der Dunst bereits nach wenigen Schritten. Der Bergpfad machte eine letzte Biegung und unvermittelt fanden sich Meister und Schüler am höchsten Punkt des Berges wieder.

Über ihnen schimmerte das Sternendach in absoluter Klarheit. Unter ihnen erstreckte sich das Tal – verhüllt vom gemächlichen Wogen einer dichten Wolkendecke. Es war still. Der herannahende Morgen strahlte hinter dem Horizont herauf; er tauchte die umliegenden Gipfel in zarte Rosatöne. Ergriffen ließen sich die beiden Wanderer zu Boden sinken. Sie schwiegen. Es war ein atemberaubender Anblick, und es gab keine Worte dafür. Der folgende Sonnenaufgang war von einer Schönheit, welche der Schüler nicht für möglich gehalten hätte.

»Am liebsten würde ich für immer hierbleiben«, flüsterte er, als die Sonne eine Handbreit über dem Horizont schwebte, »...und genau diesen Moment erleben.«

Der Meister nickte. »Ich kann dich verstehen«, sagte er. »Mir geht es wie dir. Deshalb ist es gut zu wissen, dass sich die Erleuchtung des Menschen vom Sonnenaufgang in einem Punkt ganz wesentlich unterscheidet.«

»Wodurch?«, fragte der Schüler.

»In der Natur geht die Sonne wieder unter«, sagte der Meister und sah seinen Schüler freundlich an. »Die Sonne in uns muss das nicht.«

15

BIRNENERNTE

Die Birnbäume im Garten des Meisters trugen reichlich und es war an der Zeit, die Früchte zu ernten. Diese besondere Aufgabe durfte ein junger Schüler übernehmen, der beschlossen hatte, alles Weltliche hinter sich zu lassen, um möglichst rasch zur Erleuchtung zu gelangen. Eifrig holte er eine Leiter und mehrere Körbe, um die Birnen von den Ästen zu pflücken.

Um die Mittagszeit kam der Meister hinaus in den Garten und besah sich die Arbeit seines Schülers.

»Oh. Gut, dass Ihr kommt«, meinte dieser eifrig. »Ich bin gerade fertig geworden.« Er war sichtlich mit sich zufrieden.

Der Meister besah sich die reifen Früchte »Die Birnen duften köstlich«, sagte er anerkennend.

»Das tun sie!«, pflichtete sein Schüler bei. »Ich bin mir sicher, dass sie ganz süß und saftig sind. Ihr könnt Euch nicht vorstellen, wie sehr es mich beim Pflücken verlangt hat, eine davon zu essen. Dennoch –«, ergänzte er stolz, »...hättet Ihr sie zuvor gezählt, dann wüsstet Ihr, dass ich der Versuchung widerstehen konnte.«

Der Meister wog eine Birne in der Hand. »Du missverstehst eine grundlegende Wahrheit«, sagte er. »Um Erleuchtung zu erlangen, hilft es dir nur bedingt, die Freuden deines körperlichen Daseins zu verleugnen. Gott gab dir doch nicht den Geschmackssinn, damit du ihn nicht gebrauchst. Im Gegenteil – deine Sinne versetzen dich in die Lage, dich an seinen Schöpfungen zu erfreuen. Es geht immer nur um das rechte Maß.«

Der Schüler blinzelte verblüfft. Nachdenklich betrachtete er die Birnen. Plötzlich lachte er auf. »Beinah hattet Ihr mich!«, rief er selbstsicher. »Ihr wollt mich versuchen, um zu sehen, ob ich meinen Vorsätzen untreu werde. Ich habe Eure Prüfung durchschaut.«

Der Meister schüttelte den Kopf. »Nichts dergleichen! Ich meinte jedes Wort, das ich sagte, ernst. Nach dem rechten Maß zu forschen und danach zu leben, bringt dich der Erleuchtung näher als alle Enthaltsamkeit der Welt.«

Das war dem Schüler zu viel. »Aber das steht nirgendwo so geschrieben. Alle Weisen, die mir bekannt sind, leben zurückgezogen und allein in den Bergen. Sie lehren Enthaltsamkeit, denn so erreichen sie Erleuchtung. Seht Euch doch selbst an!«, rief er aus, »Auch Ihr fastet des öfteren. Manchmal meditiert Ihr schon zwei Stunden vor Sonnenaufgang. Ihr pflegt kaum Gesellschaft außer mit Euren Schülern. Unmöglich könnt Ihr Eure Worte ernst meinen!«

»Doch!«, sagte der Meister, »Genau so ist es. Alles im rechten Maß.« Er lachte gutmütig, biss vergnügt in die Birne und ging seiner Wege.

16

ALLES ODER NICHTS

Es war in den letzten Herbsttagen, als ein ehemaliger Schüler dem Meister einen Besuch abstattete. Die Zeit zum Reisen war ungemütlich. Der Wind blies nasskalte Luft vom See herauf und Nieselregen trübte die Sicht. Mehr als die Strapazen waren es jedoch die Sorgen, die dem zurückkehrenden Schüler sichtlich zu schaffen machten. Er sah bedrückt aus, erst recht, als der Meister ihn herzlich begrüßte, und seine Miene war ernst.

Der Meister ging ihm voraus in die Küche und setzte Tee auf. »Was auch immer es ist, das dir zu schaffen macht...«, sagte er »...es ist einfacher zu lösen, als du denkst.«

Sein Schüler teilte diese Ansicht nicht. Gedankenversunken ging er hinüber zum Fenster und schaute hinaus ins Trübe.

»Ich muss Euch etwas sagen, das ich Euch bisher verschwiegen habe«, begann er schließlich, als er sich gesetzt hatte und angespannt seine Tasse anstarrte. »In meiner Lehrzeit bei Euch habe ich einen schweren Fehler gemacht, der mich immer noch belastet. Ich habe Euer Vertrauen missbraucht. Ich habe Euch angelogen, und ich fand nie den Mut, das richtigzustellen. Als ich weg war, dachte ich, ich könnte lernen, damit zu leben und würde irgendwann nicht mehr darauf zurückschauen. Ich kann es aber nicht. Ich finde keine Freude mehr; alles ist eingetrübt von meinem schlechten Gewissen.«

Er machte eine Pause. Der Meister wartete still.

Schließlich gab sich der Schüler einen Ruck. »Ihr erinnert Euch, als damals Wölfe unsere Schafe rissen?«

Der Meister nickte. »Sie töteten vier und noch eines starb in meinen Armen.«

»Es war euer Lieblingsschaf«, sagte der Schüler stockend.

»Ja«, sagte der Meister. »Ich hatte es besonders gern.«

Plötzlich liefen dem Schüler Tränen über die Wangen. »Ich bin schuld daran«, brach es aus ihm heraus. »Ich habe das Tor offen gelassen, als ich am Abend im Stall war.«

»Oh«, sagte der Meister überrascht, Begreifen spiegelte sich in seinen Zügen. »Du warst das.« Er erinnerte sich. »Du hast gesagt, du wärst nicht dort gewesen.«

»Ihr wart so traurig«, rief der Schüler, »und ich war schuld daran. Ich konnte es Euch nicht sagen.« Sein Blick traf den des Meisters, und zum ersten Mal an diesem Abend sah er nicht weg. »Ich bitte Euch«, sagte er, »bitte verzeiht mir!«

Der Meister hielt den Blick und seine Miene wurde sanft. »Das tue ich«, sagte er.

Dem Schüler war, als bräche eine lang unterdrückte Kraft in ihm auf. Seine mühsame Beherrschtheit fiel von ihm ab. Er weinte, doch er schämte sich nicht mehr.

Irgendwann ebbte der Druck ab und ließ ihn freier zurück. Als er aufsah, fiel es ihm leicht, den Blick des Meisters zu erwidern. Sein »Danke!« kam von Herzen.

Der Meister lächelte und schenkte Tee in die beiden Tassen. »Da ist etwas, das du dich dennoch fragen solltest«, sagte er und stellte die Kanne wieder ab. »Warum erst jetzt?«

Der Schüler nahm die Tasse, welche der Meister ihm reichte, und dachte nach. »Es war wie verhext«, sagte er schließlich. »Ich wollte es Euch ja sagen. Doch schon beim Gedanken daran hatte ich Angst. Ich wollte es Euch ja nicht verheimlichen. Aber noch weniger wollte ich Euch enttäuschen.«

Der Meister nickte langsam. »Nicht zu wissen, wen ich darauf ansprechen sollte, hat nicht nur unser beider Miteinander belastet, weißt du? Das Vertrauen zwischen uns allen hier war schwer auf dem Prüfstand. Ich sage das nicht, damit du dich schlecht fühlst. Aber auf jede Ursache folgt eine Wirkung – und kaum eine ist von größerer Zerstörungskraft als die der Unehrlichkeit.«

»Ihr habt das oft gesagt«, meinte der Schüler bitter. »Ich wollte, ich hätte danach gehandelt. Es war ein hoher Preis, den andere für mein Lernen zahlen mussten.«

»In der Tat«, sagte der Meister ernst, doch er fasste seinen Schüler versöhnlich am Arm. »Es mag nur einen Weg geben, damit auch diese Lernerfahrung ihren Sinn bekommt, aber es gibt ihn: Du hast eine Erkenntnis gewonnen – jetzt handle auch nach ihr.«

»Das werde ich«, sagte der Schüler. Er lächelte entschlossen. »Das werde ich ganz bestimmt.«

17

IM DICHTEN NEBEL

Es war Spätherbst. Mit den ersten Morgenstunden war dichter Nebel aus den Niederungen aufgestiegen. Nun hüllte er das Tal und den Hügel ein, kroch in jede Ritze – trübte die klare Sicht wie dumpfe Müdigkeit den Verstand an schweren Arbeitstagen. Mit seinen Schülern hatte sich der Meister im Studienraum eingefunden, ihnen aus den Werken großer Denker vorgelesen und ihre Theorien in der Runde erörtert.

Am Ende der Unterrichtseinheit suchte ihn einer der Schüler auf.

»Das eben war eine wunderbare Stunde«, sagte er sichtlich zufrieden. »Bei all der Arbeit, die sonst ansteht, kommt es ja leider selten vor, dass wir uns mit Euch dem Lernen widmen«, fügte er noch hinzu.

Der Meister überlegte. »Findest du, dass das Lernen hier auf der Strecke bleibt?«, fragte er sanft.

Der Schüler nickte. »Ein scharfer Verstand bringt viele Fortschritte mit sich. Ich hörte, dass in anderen Weisheitsschulen ausschließlich unterrichtet wird.«

»Nun, das kommt daher, dass ich Menschen ausbilde und keine Denker.« Der Meister war die Ruhe selbst.

Der Schüler runzelte die Stirn. »Was genau meint Ihr damit?«

»Das ist eine gute Frage.« Bedeutsam wies der Meister zur Tür. »Lass uns hinausgehen und die Antwort suchen.«

Draußen war der Nebel so dicht, dass man gerade einmal drei Schritte weit sah.

»Wir beide...«, er wandte sich seinem Schüler zu, »... wir werden von hier aus in die Stadt gehen.« Vage deutete er nach vorne. »Kannst du mir von hier aus zeigen, wo sie liegt?«

Der Schüler kniff die Augen zusammen, doch es war kein Detail der Landschaft auszumachen. »Das kann ich Euch schwer sagen. Die ungefähre Richtung ist diese.« Er zeigte nach vorne ins trübe Grau.

Der Meister kramte in seiner Tasche und zog ein zusammengefaltetes Stück Papier hervor. Es war eine Karte der Gegend, die er ausbreitete und dem Schüler hinhielt.

»Hier ist unsere Stadt.« Er deutete mit dem Daumen auf einen der eingezeichneten Punkte. »Und hier befinden wir uns gerade. Das ist einfach zu verstehen. Ich kann dir auch noch den Weg beschreiben und auch, wie groß die Stadt ist. Hilft dir das, mir zu zeigen, wo sie liegt?«

Der Schüler schüttelte den Kopf. »Nein«, sagte er, »das tut es nicht. In diesem Nebel habe ich keinerlei Anhaltungspunkte, an denen ich mich orientieren könnte.«

»Wie schade«, meinte der Meister betrübt. »Wenn du mir nicht sagen kannst, wo die Stadt liegt, wird es dir wohl auch unmöglich sein, uns dort hinzuführen.«

Der Schüler schaute überrascht. »Warum sollte es das? Ich brauche doch nur dem Weg zu folgen.« Er zeigte vor sich auf den ausgetretenen Pfad, der hügelabwärts führte.

»Aber den Weg sieht man ja kaum...«, entgegnete der Meister und tat verwirrt. »Sieh nur, dort vorne ver-

schwindet er schon im Nebel. Ich habe nicht vor, mir die Beine zu brechen.«

Die ganze Sache kam dem Schüler nun doch sehr seltsam vor. »Wenn wir gehen, dann ändert sich das ja«, sagte er vorsichtig, als ahne er eine Falle.

Die Augen des Meisters funkelten vergnügt. »Aber was ist, wenn der Weg an der Stadt vorbeiführt, ohne dass wir es merken? Was ist, wenn unüberwindbare Hindernisse auf dem Weg liegen? Was ist, wenn uns Diebe auflauern? Was ist…«

»Ihr wollt mich doch auf den Arm nehmen!«, rief der Schüler entrüstet aus.

Der Meister schmunzelte. »Vollkommen richtig erkannt! Aber versetze dich doch einmal in meine Position. Die meisten meiner Schüler haben diese grundlegende Wahrheit bereits begriffen: Den Weg des Lernens zu sehen und zu verstehen ist wertlos, ohne ihn zu beschreiten. Denn das Beschreiten eröffnet Erkenntnis, die es wieder möglich macht, weiterzugehen.«

Der Schüler atmete durch und kratzte sich am Kopf. »Es ist nur so, dass es mich unglaublich fasziniert, wenn Ihr die Hintergründe und Vorgänge im Menschen erklärt.«

»Wunderbar!«, sagte der Meister. »Mir geht es genauso. Ich liebe den Moment des Begreifens.« Er lächelte zufrieden. »Denn Lernen wurzelt im Verstehen. Aber es beweist sich ausschließlich im Tun.«

Der Schüler seufzte geschlagen. »Das ist die unangenehmste Erkenntnis, die ich je hatte.«

Der Meister nickte. »Es ist die wichtigste«, sagte er.

18

AUF DEM SCHEIDEWEG

Ein Schüler suchte den Meister auf, als dieser sich allein im Garten befand. Der Wind blies kräftig und trug ockerfarbenen Staub in Schleiern durch die Luft. »Meister«, rief der Schüler durch einen Zipfel seines Gewandes, den er sich vor Mund und Nase hielt, »habt Ihr einen Moment Zeit?«

Der Meister nickte ihm freundlich zu. Gemeinsam traten sie in die Stallungen. Das Geheul des Windes wurde leise, als der junge Schüler die Tür hinter ihnen schloss. Drinnen wartete bereits ein zweiter Schüler auf die beiden, der zu ihnen trat und sich an die Seite des ersten stellte. Der sammelte sich und sprach dann den Meister an, welcher nachdenklich durch ein Glasfenster hinaus auf den Garten sah.

»Wir haben beide dasselbe Problem«, begann der Schüler und deutete auf sich und seinen Freund. »Seht, wir kommen aus gebildeten Familien. Wir besuchten beide hervorragende Schulen und verstehen so einiges von der Geographie und vielen anderen Wissenschaften. Nun kommt es dann und wann vor, dass Ihr in Euren Beispielen von Dingen sprecht, die sich erwiesenermaßen anders verhalten, als Ihr darstellt. Ich bin Euch nicht böse deswegen. Man hat mir gesagt, dass Ihr nie eine solche Schule besucht habt. Das ändert jedoch nichts daran, dass Eure Lehren uns Schüler meiner Meinung nach nicht weiterbringen, wenn sie sich falscher Grundlagen bedienen.«

Der Meister nickte bedächtig. »Ich gebe euch zum

Teil recht«, antwortete er nach einer Weile. »Und ich habe diese Worte auch schon von anderen vernommen. Ich bin nicht unfehlbar. Doch darum geht es auch gar nicht. Ich kann euch nur bitten, das Äußere nicht so wichtig zu nehmen. In Wahrheit ist es nämlich beinah irrelevant. Schaut doch hinaus«, bat er und wies auf das Fenster, das vom Staub schmutzig beschlagen war. »Und dann sagt mir, was ihr seht.«

Angespannt blickten die Schüler hinaus. »Staub, den der Wind wegträgt«, sagte der eine, der schon zuvor gesprochen hatte.

»Ganz richtig«, sagte der Meister. »Aber von wo kommt der Staub?«, fragte er weiter.

Der Schüler dachte nach. »Von den Feldern der Bauern. Wegen der Trockenheit bläst der Wind alles weg, was nicht geschützt ist.«

»Auch das ist richtig. Bemerkst du aber auch, dass der Staub in Wahrheit mehr als nur Dreck ist? Tatsächlich ist es der fruchtbare Erdboden, den der Wind den Feldern raubt. Was wird in den nächsten Jahren dort wachsen? Disteln und Gestrüpp. Sag mir jetzt, was du noch siehst.«

Der Schüler spähte angestrengt hinaus in die wirbelnde Luft, kam jedoch zu keinem Schluss.

»Unseren Garten«, meldete sich nun der zweite Schüler zu Wort. »Er hat kein Bisschen seines guten Erdreiches verloren. Die Pflanzen sehen trotz der Trockenheit und des Windes überaus prächtig aus. Aber das liegt einzig und allein daran, dass wir den Boden bewässern konnten – aufgrund unseres tiefen Brunnens.«

Der Meister nickte und betrachtete die beiden Schüler lange.

»Meine Fehler mögen Fehler sein«, sagte er schließlich. »Doch sie sind wie der Wind. Sie fegen über eure Äcker und legen frei, was nicht gewässert wurde. Und während ihr an mir zweifelt, weil ihr nur den Wind seht, verliert ihr euren Boden. Ich frage euch: Sind es nicht die Fehler des Nächsten, die uns dazu auffordern, unsere Liebe zu ihm immer wieder zu erhöhen und sie über den Zweifel zu stellen? Nur die Liebe bewässert den Boden, hält ihn und macht ihn fruchtbar. Und auch, wenn es in euren Ohren vielleicht selbstsüchtig klingt: Wenn ihr mir nicht vertraut, dann fehlt euch der Grund, auf dem meine Lehren keimen.«

Resigniert schüttelte der erste Schüler den Kopf. »Was Ihr sagt, leuchtet mir ein. Aber es hat kein Echo in mir. Vielleicht ist es nicht mehr mein Weg.«

Der Meister musterte den Schüler von der Seite. »Dann suche die Antworten auf die Fragen des Lebens eben an anderen Orten. Ich bin dir deshalb nicht böse, keineswegs. Zu vertrauen ist eine der schwierigsten Entscheidungen des Menschseins – weil sie anscheinend blind erfolgt.«

»Weil der Beweis erst danach kommt«, ergänzte der zweite Schüler, der nun endgültig begriffen hatte, was der Meister meinte.

Der nickte. Draußen heulte der Wind.

Aufmunternd legte der Meister dem ersten Schüler die Hand auf die Schulter. »Aber solange du wie ich auf der Suche bist, ist unser Ziel das selbe. Spätestens dort werden wir uns also wieder treffen.« Seine Miene ließ keinen Zweifel zu.

Der Schüler starrte aus dem Fenster. »Wie könnt Ihr Euch dabei so sicher sein?«, fragte er leise.

»Ganz einfach«, sagte der Meister schlicht. »Weil ich dem in dir vertraue, das dich suchen lässt.«

Er und seine Schüler standen noch länger am Fenster, lauschten dem Knacken der Balken und blickten nachdenklich durch die trübe Scheibe hinaus in den Sturm.

19

VOM RICHTIGEN ZEITPUNKT

Ein Schüler hatte sich erbeten, beim wöchentlichen Backen des Brotes dabei zu sein – so richtig, vom Anfang bis zum Ende. Erfreut hatte der Meister zugesagt. Das Brotbacken brachte nämlich nicht nur Essbares hervor. Es war stets auch eine lehrreiche Erfahrung für alle Beteiligten.

In den Ofen kamen die Brote am Morgen. Doch schon am Vorabend musste der Schüler erkennen, dass die Backwerke einer überaus gründlichen Vorbereitung bedurften.

»Geht das so?«, fragte er deshalb zum wiederholten Mal. Er hielt mit dem Kneten des Brotteiges inne und wischte sich Mehlstaub aus dem Gesicht.

Der Meister umrundete den Arbeitstisch und besah sich den Brotteig. Er war schon ganz gut. Nur da und dort fanden sich kleine Mehlklümpchen, die er zwischen zwei Fingern zerrieb. »Ich fürchte, er braucht noch ein wenig«, sagte er.

Missmutig musterte der Schüler die Teigmasse auf dem Küchentisch. »So schlimm kann das ja nicht sein, oder? Bis morgen Früh hat der Teig das Mehl sicher aufgenommen.«

Der Meister verneinte. »Von selbst macht er das leider nicht. Aber wir haben das gleich!« Er halbierte den Brotteig, nahm sich selbst einen Teil und schob den anderen seinem Schüler hin.

Sich Mut zusprechend schüttelte dieser die Arme aus und nahm das Kneten wieder auf. Als der Meister schließlich der Meinung war, dass es reichte, war die Erleichterung des Schülers groß. Er lachte. »Ich dachte schon, wir kneten bis morgen.«

Gemeinsam legten sie den Teig in die große Schüssel. Er war klebrig und feucht und sah weder wie Brot aus, noch schmeckte er danach. Der Meister deckte die Schüssel zu. Mit dem Hinweis, er werde ihn holen, sobald es weiterginge, schickte er seinen Helfer zu Bett.

Es war mitten in der Nacht, als er ihn wieder weckte. Der Schüler war rasch auf den Beinen und folgte dem Meister in die Küche. »Und jetzt backen wir?« Neugierig rieb er sich die Augen.

»Nein«, sagte der Meister. »Wir heizen erst einmal den Ofen ein. Es dauert eine ganze Weile, bis der so richtig heiß ist.«

Es dauerte tatsächlich lange, den Brotbackofen aufzuheizen. Immer wieder legten die beiden Birkenscheite ins Feuer, warteten, bis sich diese in Wärme und Asche verwandelt hatten, und legten abermals nach. »Jetzt reicht es bestimmt schon«, meinte der Schüler schließlich. Er glaubte, sich zu verhören, als der Meister eine weitere Stunde des Wartens und Nachheizens ankündigte.

»So schlimm kann das ja nicht sein, oder?«, fragte er. »Wir lassen das Brot einfach länger drin. Dann wird es genauso gut gebacken.«

Der Meister schüttelte den Kopf. »Der Ofen sollte die richtige Temperatur haben«, sagte er. »Und der Teig braucht noch Gehzeit.« Er hob den Zipfel des Tuchs an, das die Schüssel bedeckte. »Siehst du? – Er ist schon gut aufgegangen, aber wir sollten unbedingt noch warten.«

Die Wartezeit kam dem Schüler schier endlos vor. Doch schließlich war es soweit. Im Gegensatz zur bisher langwierigen Entwicklung ging es nun Schlag auf Schlag. Binnen kürzester Zeit waren die Teiglinge gewogen und mit wenigen gekonnten Handbewegungen rund geformt. Nun ruhten sie in mit Mehl bestaubten Körben, die den Laiben ihre runde Form gaben. Und wieder warteten Meister und Schüler auf den nächsten Arbeitsschritt.

»Mir kommt vor, als ob das Brotbacken in erster Linie aus Warten bestünde«, beschwerte sich der Schüler. »Können wir die Brote nicht jetzt schon in den Ofen geben? So schlimm kann das ja nicht sein, oder?«

»Wenn du willst, dass das Brot nicht einfach nur genießbar ist –«, entgegnete der Meister, »...wenn du willst, dass es reif ist, dann achte vor allem auf die Wahl des richtigen Zeitpunktes.«

Mehrere prüfende Blicke später wölbte sich der Teig in den Körben leicht über deren Ränder. »Es ist soweit! Jetzt können wir das Brot einschießen – also in den Ofen setzen.«

»Seid Ihr sicher, dass es passt?«, fragte der Schüler, der keinen großen Unterschied in der Entwicklung des Teiges ausmachen konnte und den plötzlichen Tatendrang des Meisters daher skeptisch sah.

»Los geht's«, sagte dieser und begann bereits mit der Arbeit. »Der richtige Zeitpunkt zeichnet sich nicht nur dadurch aus, dass er nicht zu früh ist – er ist auch nicht zu spät. Sonst ist der Brotteig nicht mehr kompakt genug und die Brote werden ganz flach.«

Wieder herrschte für wenige Minuten rege Tätigkeit. Ein Laib nach dem anderen wurde vom Meister aus dem Korb auf die Bäckerschaufel gestürzt und mit dem Messer eingeritzt. Geschickt schob der Schüler die Brote in den glutheißen Ofen. Der Meister schloss die Ofentür. Und wieder warteten die beiden Bäcker, während der Ofen leise knackend seine Arbeit tat.

»Beim Brotbacken ist es wie im Leben«, sagte der Meister. »Gute Zutaten in der rechten Menge sind wichtig. Doch wie alles Wissen und handwerkliche Geschick tragen sie nur einen Teil zum guten Ergebnis bei. Erst der richtige Zeitpunkt veredelt das Tun.«

Der wunderbar belebende Duft von frischem Brot strömte durch die Ritzen des Ofens und füllte nach und nach das ganze Erdgeschoß. Das weckte den Hunger des Schülers. Schließlich war er ja auch einen guten Teil der Nacht wach gewesen. »Können wir die Brote nicht schon rausholen?«, fragte er mit knurrendem Magen.

Meister und Schüler riskierten einen Blick in den Ofen. »Ein paar Minuten brauchen sie noch«, meinte der Meister und schloss rasch die Ofentür.

Der Schüler war nicht erbaut. »Ein paar Minuten früher oder später – so schlimm kann das ja nicht sein, oder?«

Der Meister lächelte. »Ich will dich nicht quälen – aber ein letztes Mal sollten wir doch noch zuwarten. Wir erklimmen hier doch nicht extra einen Berg, um fünf Schritte vor dem Gipfel umzukehren.«

Das Ziel endlich vor Augen, war das Nicken des Meisters für den Schüler eine wahre Befreiung. Mit einem Topflappen öffnete er die Tür des Backofens, ließ den ersten Schwall Ofenhitze entweichen und beförderte die Brote mit der langen Holzschaufel ans Tageslicht, das mittlerweile durch die Fenster in die Küche fiel. Der Anblick der runden Laibe mit ihrer knusprig braun gebrannten Kruste verlockte wahrlich zum Anbeißen.

»So riecht der richtige Zeitpunkt«, sagte der Meister und erfreute sich an dem herrlich vollen Aroma. »Jetzt kannst du gern ein Stück essen, wenn du magst.«

Doch der Schüler schüttelte den Kopf. »Es ist ja noch brennheiß«, erklärte er. »Ich warte lieber, bis es ein wenig ausgekühlt ist.«

Der Meister schmunzelte. »So schlimm kann das ja nicht sein, oder?«, wiederholte er die Lieblingsfrage seines Schülers.

Der hob den Zeigefinger. »Beim Essen ist es wie im Leben«, sagte er bedeutsam. »Es zählt immer der richtige Zeitpunkt.«

Ein Schüler hatte nach seinem Ausflug in die nahe Stadt einiges zu verdauen. Zwar hatten sich überaus erfrischende Gespräche mit den Stadtbewohnern ergeben – doch bei seiner mittäglichen Einkehr hatte er feststellen müssen, dass über die Menschen am Hof des Meisters auch Geschichten kursierten, die es mit der Wahrheit nicht so genau nahmen. Um nicht voreilig zu urteilen, hatte er beschlossen, seine Suppe in Ruhe zu essen und den tratschenden Tischnachbarn nur zuzuhören. Das schamlose Vermischen von Wahrem und frei Erfundenem hatte ihm jedoch rasch auf den Magen geschlagen und er war eingeschritten; mit mäßigem Erfolg. Unzufrieden mit sich selbst, war er schließlich gegangen. Zurück blieb das Gefühl, dem Feuer der Gerüchteküche nur noch mehr Zündstoff gegeben zu haben.

Als der Meister am nächsten Morgen das Haus verließ, um dem Kräutergarten einen Besuch abzustatten, wartete der Schüler draußen bereits auf ihn. Sein Frust stand ihm ins Gesicht geschrieben. Mit wenigen Worten schilderte er die Szene vom Vortag.

»Ich konnte nicht einfach mit anhören, was diese Leute über uns verbreiteten«, erklärte er missmutig. »Deshalb habe ich ihnen erklärt, was an ihren Gerüchten wahr ist und was nicht. Freundlich, sachlich und gelassen – so wie Ihr es zu tun pflegt.«

»Das ist gut«, sagte der Meister, »Und wie ist es dir dabei ergangen?«

Der Schüler rümpfte die Nase. »Ich weiß nicht, ob

sie mich nicht verstehen konnten oder nicht verstehen wollten. Jedenfalls bin ich zu dem Schluss gekommen, dass sich Wahrheit kaum als Wahrheit vermitteln lässt. Egal, was ich sagte: Sie schienen alles so zu hören, wie sie es zu hören erwarteten. Sie sahen nur das in mir, was ihren Vorstellungen vom Schüler-Sein hier entsprach. Es war unübersehbar: Jeder versuchte, zwischen den Zeilen das herauszulesen, was seiner eigenen Meinung am nächsten war und die persönliche Sicht untermauerte, statt diese zu hinterfragen. Bitte sagt mir, was wir dagegen tun können.«

Der Meister streckte sich entspannt. »Nichts«, sagte er. »Du hast nämlich recht: Wahrheit lässt sich nicht vermitteln. Jeder muss sie selbst erkennen wollen.«

Das war nicht die Antwort, die sich der Schüler erhofft hatte. Er hielt große Stücke auf seinen Mentor und war sich auch seiner eigenen Rechtschaffenheit sicher. Dass jemand schlecht über die Bewohner des Hofes sprach, ging ihm mächtig gegen den Strich.

»Das kann Euch doch nicht egal sein!«, sagte er deshalb. »Mir ist es jedenfalls nicht egal.«

Der Meister zuckte mit den Schultern. »Nun, das muss es aber. Tratsch und Klatsch können dir ein Kuckucksei ins Nest legen, das ist wahr. Ob du dich daraufsetzt und es ausbrütest, entscheidest du aber selbst. Ich schlage vor, wir lassen uns durch das Geplapper nicht beirren.«

Der Meister wandte sich zum Gehen, sah jedoch, dass sein Schüler sich nicht so recht zufriedengeben wollte. Deshalb fuhr er fort: »Wer nicht über solchen Anfeindungen steht, dem setzen sie zu. Wenn du nicht bist, was sie sagen, und dich dennoch danach richtest, kann ich dir leider nicht weiterhelfen.«

Der Schüler runzelte die Stirn. »Ihr kennt mich«, sagte er, »Ihr wisst, dass ich immer ehrlich zu mir bin. Ja – ich denke, wir sind diesen Gerüchten zu Unrecht ausgesetzt. Doch über den Dingen zu stehen und so zu tun, als beträfe uns das nicht, käme mir hochmütig vor. Es ist nur ein schmaler Grat zwischen Überlegenheit und Überheblichkeit.«

»Du irrst dich gewaltig«, sagte der Meister. »Den Überlegenen und den Überheblichen unterscheiden Welten: Überheblich ist, wer nach Überlegenheit strebt. Tatsächlich überlegen kann aber nur der sein, dem Überlegenheit gleichgültig ist. Oder weniger kompliziert: Ehre ist nur dann verletzbar, wenn du dir ihrer selbst nicht sicher bist.«

Der Schüler atmete tief durch. Mit wehenden Fahnen gegen die Ungerechtigkeit zu Felde zu ziehen, hatte immer noch seinen Reiz. Doch die Logik hinter den Ausführungen des Meisters war nicht abzustreiten.

Schließlich nickte er. »Also ist mich nicht aus der Fassung bringen zu lassen das Beste, was ich hier tun kann.«

»So ist es«, sagte der Meister zufrieden und zeigte auf die Kräuterbeete. »Es geht nie darum, das Unkraut auszurotten. Besser ist, du stärkst die Pflanze der Wahrheit, bis sie alles andere in den Schatten stellt.«

Der Schüler horchte auf. »Wahrheit muss erkannt werden wollen...«, wiederholte er die Worte des Meisters. »Ich verstehe, was Ihr mir sagen wollt: Die Wahrheit sitzt immer am längeren Ast. Wenn wir uns nämlich nicht von unserem Weg abbringen lassen, bringt das ein Ergebnis hervor, dem sich keiner entziehen kann – weil es die Wahrheit für alle erlebbar macht!«

Der Meister klopfte seinem Schüler anerkennend auf die Schulter. »Den Beweis kann nur antreten, wer sich selbst treu bleibt«, sagte er gelassen. »Nicht mehr und nicht weniger.«

FEHLERHAFT?

Mit dem Ende des Winters kam die Zeit der Frühlingswinde. Das Haus des Meisters ächzte, seine Balken knackten, doch es stemmte sich gegen den wirbelnden Luftstrom. In der Bibliothek, die besonders zu dieser Jahreszeit ein gern besuchter Ort war, hatte ein unvorsichtiger Schüler das Fenster über dem Arbeitstisch nicht sorgfältig genug verschlossen; der Riegel hatte nicht gänzlich eingehakt. Schon während der Schüler sich anschickte, den Raum zu verlassen, löste der am Fenster rüttelnde Luftstrom den Riegel. Er drückte den Fensterflügel auf und drang in den Raum ein, wo er über den Tisch hinwegfegte und zwei Stapel Papier in Windeseile in einzelne Blätter auflöste. Der Schüler reagierte schnell. Mit wenigen Sätzen war er beim Fenster und schloss es, diesmal mit Bedacht. Doch der Schaden war bereits angerichtet. Es sah aus, als hätte es geschneit.

Frustriert ließ sich der Schüler auf die Knie nieder und begann, die Papiere einzusammeln. Er war nicht im Geringsten überrascht, als der Meister um die Ecke kam und ihn freundlich begrüßte. Dass der Meister die Gabe besaß, stets am Ort des Geschehens aufzutauchen, war hinlänglich bekannt.

Der Schüler seufzte und sah zu ihm auf. »Was gäbe ich nur dafür, ein Gerät zu besitzen, mit dem ich die Zeit zurückdrehen könnte.« Er deutete auf die herumliegenden Papiere. »Nicht nur deswegen. Nein, mein ganzes Leben kommt mir vor wie eine einzige Kette aus Missgeschicken und Fehlentscheidungen.« Sein Gesicht hellte sich auf. »Aber deshalb bin ich ja jetzt bei Euch. Um einen Schlussstrich zu ziehen. Um das alles hinter mir zu lassen und komplett neu anzufangen.«

Der Meister runzelte die Stirn. »Du tust deinen Missgeschicken und Fehlentscheidungen Unrecht«, sagte er. »Würdest du ernsthaft auf sie verzichten wollen?«

Ratlos besah sich der Schüler das Papierchaos. »Das hier kann ich wieder in Ordnung bringen«, sagte er schließlich. »Aber Ihr wisst, weshalb ich hier bin. Ich habe Entscheidungen getroffen, die anderen Menschen Schaden zugefügt haben. Schaden, der nicht wiedergutgemacht werden kann. Wie könnte ich darüber glücklich sein?«

Der Meister ging in die Hocke und betrachtete seinen Schüler eindringlich. »Vor mir sehe ich einen Menschen, der weiß, dass die Folgen seines Handelns nicht nur ihn treffen – der versucht, verantwortungsbewusst und klug zu sein. Ohne dein Erlebnis wärst du das nicht.«

»Ich finde nicht, dass es das wert war«, antwortete der Schüler entschieden. »Das Erlebte mag mich als Mensch prägen. Doch selbst wenn es mich von Grund auf verändern sollte, selbst wenn ich dadurch vielleicht noch viel Gutes bewirke... Zukünftiges kann nicht mehr gutmachen, was Geschehenes bereits angerichtet hat.«

Seinen von Schuldgefühlen geplagten Schüler musternd, legte der Meister den Kopf schief. »Nun gut«, sagte er. »Wenn du also die Zeit zurückdrehen und jene Situation vermeiden könntest; was denkst du, würde kurz darauf geschehen? Du würdest exakt den Fehler begehen, den du nun so gerne rückgängig machen würdest! Ohne die Erfahrung seiner Auswirkungen könntest du ihn ja gar nicht vermeiden. Jetzt aber bist du gerüstet und er wird dir nie wieder passieren.« Er zog eine Augenbraue hoch. »Bist du immer noch der Ansicht, dass dein Erlebnis es nicht wert war?«

»Besser wäre, ich hätte mitgedacht«, sagte der Schüler. »Ich hätte aus anderen Situationen schlussfolgern können.«

»Hast du aber nicht«, sagte der Meister pragmatisch. »Weil dir dieses wichtige Erlebnis als Fundament dafür fehlte. Dein Leben bietet dir die Möglichkeit zu lernen. Immer – ohne Ausnahme, ohne Kompromiss. Selbst dann, wenn es einmal zum Schaden anderer geschieht.«

Er begann, dem Schüler beim Aufsammeln der Papierblätter zu helfen. Kurze Zeit später waren die beiden Stapel auf dem Schreibtisch wiederhergestellt.

»Ich weiß ja, was Ihr meint«, sagte der Schüler. »Es kommt niemals darauf an, was war oder was ist – nur darauf, was man daraus macht... Trotzdem wünsche ich mir immer noch, dass Manches nicht geschehen wäre. Vielleicht ist das für Euch schwer zu verstehen.«

Der Meister schnaubte belustigt. »Im Gegenteil – ich verstehe dich voll und ganz. Denkst du, ich hätte jemals geplant, eine Schule zu errichten? Nein – und dennoch ist es so gekommen. Vertraue deinem Weg! Er ist der einzige, der für dich passt.«

Seinem Schüler auf die Schulter klopfend, verließ der Meister die Bibliothek. Der Schüler folgte ihm – nicht ohne zuvor noch einmal den Fensterriegel zu kontrollieren. Der Wind rüttelte vergeblich.

22

EIN FRÜHLINGSSPAZIERGANG

Der Meister war mit einer Gruppe seiner Schüler auf einem Rundgang, um sich mit ihnen den Zustand der Felder, Pflanzen und Tiere der nahen Umgebung anzusehen. Gemeinsam umrundeten sie den Hügel, auf dem das Haus des Meisters stand. Es war schon recht warm. Der Frühling hatte die letzten Spuren des Winters getilgt und das Leben regte sich an jeder Ecke.

Zwischen dem Meister und einigen seiner Begleiter hatte sich ein Gespräch entsponnen, das sich um die oft gestellte Frage drehte: ›Wann ist eine Entscheidung richtig?‹

»Seht«, sagte einer der Schüler, »nichts mag ich weniger, als einen Fehler zu machen. Deshalb überlege ich immer hin und her und kann nur schwer einen Entschluss fassen.«

Wortlos ging der Meister einige Schritte an den Wegrand, bückte sich und hob einen kurzen Stock vom Boden auf. Den warf er dem Sprechenden hin. Reflexartig griff der Schüler nach vorne, fing das Holzstück geschickt und betrachtete es von allen Seiten.

»Ein wunderbares Beispiel für eine gute Entscheidung«, lobte der Meister.

»Der Stock?« Der Schüler blieb stehen und betrachtete den trockenen Ast in den Händen.

»Nein. Nicht der Stock.« Der Meister massierte sich die Stirn. »Ihn zu fangen, war eine gute Entscheidung. Kein Abwägen der Vor- und Nachteile, kein mangelndes Selbstvertrauen. Der Stock hätte dich sonst im Gesicht getroffen.«

»Ah.« Der Schüler überlegte. »Aber eigentlich war das doch mehr ein Reflex. Und außerdem liegt ja nicht jede Entscheidung so klar auf der Hand, dass man gleich erkennt, was richtig ist.«

»Was ist richtig?«, entgegnete der Meister. »Du hättest dich ebenso ducken oder einen Schritt zur Seite machen können. Du hättest den Stock mit dem Arm abwehren oder die Augen zumachen können und hoffen, dass er dich nicht trifft – alles auf die eine oder andere Art richtig oder falsch. Dennoch hast du dich in einem Augenblick entschieden, und was noch wichtiger war: Du hast entschlossen gehandelt. Zwischenraum bringt Schmerzen.«

Die Vormittagssonne hüllte die Szene in eine versöhnliche Wärme. Einen Augenblick lang war es still. Weiter drüben plätscherte das Wasser und die jungen Blätter der Weide wisperten im Wind. Friedlich, wie es war, schien es ganz und gar nicht ein Tag schwerer Entscheidungen oder Schmerzen zu sein,

Der Meister lächelte. »Immer versorgt uns das Leben mit Gelegenheiten zur Übung unserer Entscheidungskraft«, sagte er und trat einen Schritt zur Seite. Das gab den Blick auf eine Schlange mitten auf dem Weg frei, die sich auf einem dunklen Stein zusammengerollt hatte, nun aber bedrohlich zischelte. Der Schüler wurde blass, doch er reagierte schnell.

»Nehmt Euch in Acht!« Er winkte den Meister zu sich, hinaus aus dem Gefahrenbereich. »Es ist eine Giftschlange. Das erkennt man an der Zeichnung ihrer Haut.«

Der Meister trat zu ihm hin, drehte sich um und betrachtete die Schlange genauer.

»Du hast recht«, sagte er ruhig. »Diese Schlange kann uns tatsächlich gefährlich werden. Aber was, wenn wir unseren Weg jetzt fortsetzen wollen? Was sollen wir jetzt tun?«

Die Aufmerksamkeit der Gruppe richtete sich wieder auf den einen Schüler, der fieberhaft überlegte. »Am sichersten wäre es wohl, wir würden umkehren.« Er zögerte. »Oder zumindest einen größeren Bogen herum schlagen. Oder aber...«

Der Meister unterbrach ihn, indem er ihm den Stock aus der Hand nahm; er ging zur Schlange, drückte ihren Kopf damit auf den Boden und schnappte sie direkt am Nacken.

»Entscheiden – und handeln«, sagte er ruhig, ging mit dem sich windenden Tier in der Hand hinüber zum Fluss und warf es ans andere Ufer. Wenig später war er wieder bei seinen Schülern.

»Wenn du nicht leichtsinnig oder egoistisch bist, ist jede Entscheidung die richtige...«, er hob den Finger, »...sofern du sie in die Tat umsetzt.«

»Ich denke, ich hab's verstanden«, sagte der Schüler und lachte. »Das war mir deutlich genug.«

Der Meister nickte. »Nun, dann entscheide doch du, was wir jetzt tun sollen.«

»Wir gehen weiter«, sagte der Schüler ohne zu zögern.

»Eine hervorragende Idee!« Der Meister schmunzelte, als sich die Schülergruppe augenblicklich in Bewegung setzte.

EINLASSEN AUFS ZULASSEN

Am Südhang des Hügels standen die Bienenstöcke des Meisters. Zur Mittagszeit hatte er zwei seiner Schüler dorthin bestellt, die ihm bei der Honigernte zu Hand gehen sollten. Als sie bei ihm ankamen, bot sich ihnen jedoch ein äußerst ungewohntes Bild. Der Meister lag entspannt im Gras neben den Bienenstöcken und hatte die Augen geschlossen.

So blieben sie in sicherer Entfernung zum Bienenstand stehen. Im Schatten des großen Ahornbaums besprachen sie sich über dies und das und warteten auf den Meister. »Da soll mir noch einmal jemand sagen, unser Meister wüsste nicht auch, was Müßiggang ist«, raunte der eine dem anderen zu, der belustigt nickte.

Entweder hatte der Meister ein Gehör wie eine Katze oder eine ausgesprochen feine Intuition. Jedenfalls war der Wortwechsel der beiden nicht an ihm vorübergegangen.

»Oh nein, meine Lieben. Ich bin nicht faul«, rief er über das Summen der Bienen hinweg. »Ganz im Gegenteil. Ich bin überaus tätig.«

Mit Vorsicht umrundeten die zwei Schüler die Bienenstöcke und traten zum Meister, der von Gräsern und Blüten umrahmt zu ihnen hochsah. »Wir wollten Euch keineswegs beleidigen«, sagte der eine entschuldigend.

Der Meister lachte. »Ihr müsst zugeben – das war eure geringste Sorge.« Er winkte ab. »Aber lassen wir das. Ihr dachtet eben, ich gebe mich dem Nichtstun hin. Erklärt mir doch bitte, wie ihr euch so sehr irren könnt.«

Der eine, der schon vorhin gesprochen hatte, runzelte die Stirn. »Ihr liegt seit mehr als einer Viertelstunde im Gras«, sagte er verwundert, »...ohne ein Anzeichen von Tätigkeit.«

Der Meister stand auf und putzte sich Grassamen vom Gewand. »Ihr habt mir seit mehr als einer Viertelstunde dabei zugesehen. Und eure Tätigkeit war allein, über belanglose Dinge zu tratschen.«

Er bedachte den Schüler mit einem tadelnden Blick, der diesem jedoch entschlossen standhielt. »Was hätten wir denn tun sollen, als wir auf Euch warteten?«

»Zulassen«, sagte der Meister eindringlich. »Zulassen, dass euch Ideen finden, dass euch Erkenntnis aufsucht und Erleuchtung überkommt. Das habe auch ich gerade getan.«

Der Schüler blickte skeptisch. »Wenn ich im Gras liege, überkommt mich keine Erleuchtung«, sagte er trocken.

Der Meister seufzte. »Weil faul sein und zulassen gegensätzlicher nicht sein könnten.«

Eine Zeit lang sagte keiner etwas. Der zweite Schüler, der bisher geschwiegen hatte, nickte langsam. »Ihr sagt immer: ›Der Schlüssel zur wahren Tätigkeit besteht darin, Raum zu schaffen.‹ Hat das damit zu tun?«

»Siehst du«, sagte der Meister zum ersten, »...bei ihm funktioniert es. Er hat aufmerksam zugehört und sich nicht mit der Verteidigung seines gekränkten Stolzes aufgehalten. Somit hat er Raum für Erkenntnis.«

Er überlegte einen Augenblick, dann fasste er die beiden scharf ins Auge. »Wenn jemand in seinem Leben etwas von großer weltlicher Bedeutung erreichen will, welche seiner Eigenschaften treibt die Umsetzung am schnellsten voran?«

Die Schüler überlegten. »Nachhaltigkeit – oder Disziplin«, meinte der erste.

»Absolute Hingabe«, sagte der andere. »Und der Drang, seine Ideen umzusetzen.«

Der Meister nickte. »Alles Ausdrücke des Willens. Wer aber etwas von großer seelischer Qualität erreichen möchte, kann dies nicht mit seinem Willen tun. Er kann es bloß mit seinem Willen zulassen.«

Auf der Suche nach einem unterstützenden Beispiel musterte der Meister die Gegend. Weiter drüben am Hang jäteten die anderen Schüler das Feldgemüse.

»Wie passend«, sagte er zufrieden und wies die beiden darauf hin. »Seht ihr, genau so verhält es sich mit dem Menschen: Indem man das Unkraut um die Pflanze entfernt, schafft man ihr Freiraum. Dann kann sie ihre Kraft entfalten. Man kann sie düngen. Man kann sie an einen sonnigen Platz setzen. Aber es ist niemandem möglich, den Keim mit dem puren Willen aus der Erde zu ziehen. Wachsen muss die Pflanze von selbst.«

Er wandte sich wieder zu seinen Schülern um. »Keine Sorge. Jede Pflanze wächst, wenn sie den Raum dafür hat – denn Tätigkeit ist allem Leben inne.«

Das vielstimmige Summen der Bienen unterstrich die Worte des Meisters.

»Ich habe vorhin hineingeschaut«, sagte er mit einem Blick auf die Bienenstöcke. »Die Waben sind randvoll mit Honig. Wenn wir ihn nicht entnehmen und neuen Raum für die Tätigkeit der Bienen schaffen, wird ein guter Teil von ihnen ausziehen. So sehr will das Leben tätig sein!«

Er nickte ernst.

»Auch in uns. Nur kann es das nicht. Bis wir...«, er tippte seinen Schülern auf die Brust, »uns endlich darauf einlassen, das Leben in uns wirklich zuzulassen.«

Wie das Leben so spielte, waren wieder einmal zwei Anwärter für einen Platz am Hof des Meisters zu Gast. Der eine war weit gereist, um an diesen Ort zu gelangen. Nun hatten ihn seine Schritte den Hügel hinaufgetragen, auf dem der Hof des Meisters errichtet war. Von steilen Felshängen umrahmt, ergab sich von dort aus ein atemberaubender Ausblick hinunter ins Tal, das weiter vorne in die fruchtbare Ebene mündete. Mit tiefen Atemzügen genoss der junge Wanderer die Bergluft. Sie war frisch und voll von belebenden Gerüchen und Geräuschen. Der Duft von Kiefernharz und feuchter Erde, das Summen der Bienen und die Gischt des nahen Wasserfalls vermittelten Leichtigkeit und Erhabenheit.

Doch nicht das Naturschauspiel hatte ihn vom anderen Ende des Landes hergeführt. Der Hof auf dem Hügel war bekannt für jene große Weisheit, die man sich als Schüler des Meisters hier zu eigen machen konnte. In der nahen Umgebung sprach jeder davon – und in die Ferne trugen es die Schüler des Meisters nach ihrer Lehrzeit selbst als lebendigen Beweis. Ihr Rat war stets gefragt; sie waren bekannt dafür, viele Probleme auf den ersten Blick zu durchschauen.

Als Bewerber für einen Platz als Schüler hatte sich der junge Mann zum Ziel gesetzt, sich hier einen großen Wissensschatz anzueignen. Er entstammte einer wohlhabenden Familie, war bescheiden, hervorragend gebildet und stellte hohe moralische Ansprüche an sich und seine Freunde. Er war anderen Menschen jeden Alters ein Vorbild – auch wenn er selbst sich dieser Ehre nicht für würdig erachtete.

Der zweite Anwärter für den freien Platz war ebenfalls eingetroffen. Er war ein herzensguter Bauernsohn, praktisch veranlagt, neugierig und voll Tatendrang. Er kannte den Meister, da er im nahegelegenen Dorf aufgewachsen war und sich immer wieder kurze, aber herzliche Begegnungen ergeben hatten.

Der Meister setzte sich mit den beiden in die Teeküche und goss für jeden einen Becher Kräutertee ein. Nach einigen wohltuenden Schlucken stellte er ihnen eine einfache Frage: »Was ist Menschsein?«

Der erste Anwärter lächelte. Er war sich seiner Antwort sicher. »Menschsein ist Lernen«, sagte er. »Erleben, Begreifen und Handeln.«

Der Meister nickte. »Was meinst du?«, fragte er den zweiten.

Dieser dachte angestrengt nach, doch ihm wollte keine bessere Antwort einfallen. »Ich habe keine Ahnung«, sagte er schließlich.

»In Ordnung«, sagte der Meister ohne lang zu überlegen. »Ich habe meine Wahl getroffen.«

Er wandte sich dem ersten zu. Sein Blick war gütig, aber bestimmt. »Ich muss dich bitten, deinen Weg selbständig weiterzugehen. Unser Freund hier...«, er deutete auf den zweiten, »...fängt morgen bei mir an.«

Der Angesprochene konnte nicht glauben, was er hörte. »War meine Antwort denn falsch?«, fragte er verwirrt.

»Ganz und gar nicht!«, sagte der Meister. »Deine Antwort hätte besser nicht ausfallen können. Dennoch steht meine Entscheidung fest.«

Enttäuscht schüttelte der junge Mann den Kopf. So gern hätte er als Schüler mehr über das Leben erfahren. Über wahre Werte und was es hieß, praktisch nach diesen zu handeln. Doch er nahm seine Sachen und ging seiner Wege. Je weiter ihn seine Schritte vom Haus des Meisters forttrugen, desto mehr beschäftigte ihn das Erlebte. In seinen Gedanken ereignete sich die Szene in der Teeküche jeden Tag aufs Neue. Ganz gleich, wie er es betrachtete – die Logik des Meisters erschloss sich ihm nicht. Er dachte bei sich: »Vielleicht hat er meine Antwort als anmaßend empfunden. Vielleicht ist die Antwort ›Ich habe keine Ahnung‹ auf solch eine Frage tatsächlich die bessere. Weil sich das, was es heißt, Mensch zu sein, nicht einfach so mit einem Satz beschreiben lässt.«

Während die Wochen vergingen, reifte in ihm der Entschluss, es erneut zu versuchen. So kam es, dass er eines Tages wieder mit dem Meister und einem weiteren Anwärter auf einen freien Schülerplatz zusammentraf.

Der Meister freute sich sichtlich, ihn zu sehen. Bei einer Tasse Salbeitee stellte er den beiden Anwärtern erneut die Frage:

»Was ist Menschsein?«

Diesmal ließ der junge Mann den anderen vor. »Mensch zu sein ist ein Auf und Ab«, sagte dieser. »Ein Geschenk... und eine Bürde.«

Der Meister schmunzelte. »Das kann man durchaus so sagen«, meinte er. Er wandte sich dem Jungen zu, der schon einmal ihm gegenüber Platz genommen hatte. »Was meinst du dazu?«

»Er hat recht«, sagte dieser. »Wie wohl alle Eurer Schüler zuvor, die sich hier mit dieser Frage befasst haben. Menschsein ist vieles – und immer noch viel mehr.«

Der Meister nickte zufrieden. »Weißt du, dass mich bisher nur wenige erneut aufgesucht haben, die ich abweisen musste? Dein Wiederkommen ist für mich ein echtes Geschenk... und eine Bürde. Ich muss dir nämlich sagen, dass ich meine Wahl getroffen habe. Dieser hier...«, er deutete auf den zweiten, »...wird mich als Schüler begleiten. Dir aber wünsche ich von Herzen eine gute Reise.«

Wieder nahm der Anwärter, der gern Schüler geworden wäre, seine Sachen und ging seiner Wege. Enttäuscht wie er war, schien es ihm, als sei die Erfüllung seines Traumes nun in unerreichbare Ferne gerückt. Doch an vielen Orten, die er bereiste, hörte er Menschen vom Meister erzählen. Er besprach sich mit ehemaligen Schülern, mit Befürwortern und mit Kritikern seiner Lehren.

Bei seinem dritten Vorsprechen hegte er keine heimliche Erwartung mehr.

»Menschsein ist eine lange Reise, bei der man das Gefühl bekommt, dass sie immerzu im Kreis führt«, sagte er. »Bis man erkennt, dass es nicht die Orte sind, die sich verändern, sondern man selbst.«

Der Meister nickte ihm anerkennend zu. Nach dem Vorsprechen des zweiten Anwärters schickte er ihn jedoch abermals fort.

»Ein Mensch zu sein bedeutet, vom Gesamten losgelöst und dennoch immer verbunden zu sein«, war die Antwort des jungen Mannes beim vierten Aufeinandertreffen.

»Wahrhaft Mensch zu sein heißt, sich als Geschöpf zu erkennen«, sagte er, als er den Meister zum fünften Mal aufsuchte. »Es ist die Gnade zu begreifen, dass der Mensch seinem gesamten Wesen nach ein Beschenkter ist.«

So ging das auch beim sechsten und siebten Mal. Und dann hörte der junge Mann, der gern Schüler geworden wäre, damit auf, seine Versuche zu zählen.

Eines Morgens erwachte er mit der klaren Erkenntnis, dass er seine Enttäuschung zur Gänze überwunden und seinen Ehrgeiz hinter sich gelassen hatte. Seine Reise hatte ihn kreuz und quer durch die Welt geführt, er hatte geholfen, wo er konnte, und damit begonnen, dem Meister in Briefen von seinen Erlebnissen zu erzählen. Wann immer ihm zu Ohren gekommen war, dass der Meister einen Schüler aufnehmen würde, hatte er die Gelegenheit freudig ergriffen und ihm einen Besuch abgestattet. Zwischen den beiden war eine tiefe Freundschaft entstanden, welche die fortwährende Abweisung durch den Meister zwar nicht aufhob, diese aber überbrückte. In der Zwischenzeit hatte der viel Herumgekommene und immer noch Suchende eine Familie gegründet, und wie das Leben es so wollte, sich mit ihr im nahe gelegenen Dorf niedergelassen.

Es war ein warmer Sommerabend, als er den Meister aufsuchte, der vor dem mit Weinranken überwachsenen Tor saß und von dort aus hinunter ins Tal blickte.

»Seit ich das erste Mal durch dieses Tor trat...«, sagte der junge Mann, nachdem die beiden einander begrüßt hatten, »...habe ich nachgedacht, was Euch immer wieder dazu veranlasst hat, mich wegzuschicken. Ich habe nach und nach verstanden, dass Ihr mir auf diese Art und Weise eine andere Art der Schülerschaft angedeihen habt lassen. Bitte sagt mir nur, warum es all die Jahre nicht dafür gereicht hat, ganz bei Euch als Schüler zu beginnen.«

Der Meister lächelte. »Du hast recht. Ich habe dich tatsächlich immer als einen meiner Schüler betrachtet«, sagte er erfreut. »Aber von allen, die gern hier vor Ort meine Schüler sein wollten, bedurftest du meiner Hilfe immer am wenigsten. Nie ging es mir darum, dich abzuweisen. Meine vorrangige Absicht war stets, den größtmöglichen Lerneffekt zu erzielen – was auch bedeutete, denjenigen bei mir aufzunehmen, der dies wirklich brauchte.«

Er nahm einen tiefen Atemzug der würzigen Sommerluft.

»Nur weil du immer und immer wieder zu mir gekommen bist, habe ich es auch gewagt, dich immer wieder abzuweisen. Ich habe große Achtung vor dir. Du hast dir deine Schülerschaft wahrlich schwer verdient.«

»Eigentlich...«, meinte der Schüler »... ist es gerade das, wofür ich mich bedanken möchte. Durch Eure Hilfe habe ich erkannt, dass es nur eine Vorstellung meines

Schüler-Seins war, der ich lange nachgegangen bin. Ich bin froh, dass es so ist, wie es ist. Und dass Ihr mich besser kanntet als ich mich selbst, indem Ihr wusstet, dass ich wiederkommen werde.«

Der Meister schüttelte den Kopf. »Nein, so war es nicht«, sagte er. »Ich wusste es nie. Dich immer wieder auf die Reise zu schicken, fiel mir niemals leicht. Im Gegenteil: Es verlangte mir meinen ganzen Mut ab. Vertrauen braucht Mut, und zwar eine Menge davon.«

Eine Zeitlang waren das Grillengezirpe, das Vogelgezwitscher und die Rufe der Schüler die einzigen Geräusche, die der sommerlichen Abendstimmung einen Klang gaben. Der Meister lächelte zufrieden. Dann klatschte er in die Hände und in seinen Augen sprühte das Leben.

»Doch jetzt ist deine Zeit da!«, rief er und sprang von der Bank auf. Er deutete auf den freien Platz neben dem seinen. »Wenn du immer noch willst, dann bitte ich dich: Nimm Platz an meiner Seite. Als mein Schüler. Als mein Freund. Und als mein Lehrer.«

Er zeigte nach unten ins Tal – eine Handbewegung, welche den Hügel, die Felder rundum, den Weg, den glitzernden Fluss und das Dorf bis zu den Berghängen miteinschloss. »All das hier braucht eine Zukunft. Es braucht soviel mehr als mich allein.«

Der Schüler blinzelte eine Träne weg, doch sein Lächeln sprach Bände. »Wir werden einiges verändern müssen«, meinte er schließlich.

Sie hatten beide erlebt, wie sehr Menschsein der stetigen Veränderung bedurfte.

»So ist es«, sagte der Meister deshalb. »Genau das werden wir tun.«

NACHDENKLICHES NACHWORT

»Wie bist du nur auf die Idee gekommen, solch ein Buch zu schreiben?«,

fragte ein Leser und klappte das Buch zu. Der Autor dachte eine ganze Weile nach. »Es war mir wichtig,«, sagte er schließlich, »und es fühlte sich richtig an.«

»Was ist mit dem Inhalt?«,

wollte eine Leserin wissen. »Entstammen die Kernaussagen der Geschichten deinen Überzeugungen? Beruhen sie auf persönlichen Erfahrungen? Sind es Schlussfolgerungen? Oder ist alles zwischen Buchdeckel und -rücken schlicht und einfach Fiktion?«

Der Autor schmunzelte. »Es ist mir nicht möglich, jetzt das fertige Gericht zu zerlegen und alle Zutaten mit ihren genauen Mengen aufzulisten. Ich habe nicht nach Rezept gekocht; es ist wohl von allem etwas dabei. Ich finde, man hat mehr davon, es frisch zu genießen, statt es zu zerreden und dabei die Freude daran zu verlieren.«

»Woher willst du wissen, ob die Aussagen in deinen Geschichten richtig sind?«,

hakte die Leserin nach.

Der Autor zuckte mit den Schultern. »Die Richtigkeit und Anwendbarkeit des Inhalts muss jeder selbst erforschen und hinterfragen... Das mag keine besonders befriedigende Antwort sein, doch sie ist wohl die einzig zielführende, die ich dazu geben kann. Ich stehe zu dem, was ich geschrieben habe, und bringe nur Beispiele vor, von deren Inhalt ich überzeugt bin.

Aber man darf nicht vergessen: Antworten sind etwas sehr Persönliches; sie erreichen jeden Menschen auf seine Art. Mir zum Beispiel werden die wichtigen Antworten in meinem Leben oft mit einem Schlag bewusst, ich brauche dann aber einen längeren Zeitraum, um sie in mir so zu verankern, dass mein Denken und Handeln auch auf sie aufbaut. Dann komme ich mir vor wie ein Olympiasieger, der sagt: ›Ich muss das erst langsam realisieren…‹«

»Warum immer nur ›Meister und Schüler‹, nie ›Meisterin und Schülerin‹?«,
fragte ein Leser und zog eine Augenbraue hoch.

»Betrachtet ›Meister‹ und ›Schüler‹ bitte als neutrale Begriffe«, sagte der Autor geduldig. »Als solche sind sie nämlich gedacht. Ihr könnt sie nach Belieben mit ›Meisterin‹ und ›Schülerin‹ ersetzen, wenn Ihr wollt.«

»Gibt es ein Vorbild für deinen ›Meister‹?«,
wollte ein Leser interessiert wissen.

»Durchaus«, sagte der Autor ernsthaft. »Als Vorbild diente ich mir beim Schreiben stets selbst.« Er lachte verschmitzt, als er die verblüffte Miene des Lesers sah. »Ja, im Ernst – wenn auch nicht als der Mensch, der ich jetzt bin, sondern als der, zu dem ich werden möchte. Ich bin der Überzeugung, dass jeder seinen ›Meister‹ selbst in sich trägt und dass es uns allen möglich ist, zur besten Version von uns selbst zu werden…«

»*Gibt es Fragen, die du bewusst außen vorgelassen hast?*«, fragte eine Leserin.

»Natürlich«, sagte der Autor. »Zum einen solche, die ich für mich selbst noch nicht beantwortet habe. Zum anderen die, deren Antwort ich noch nicht erklären kann. Und dann sind da noch jene Antworten, nach denen ich bisher nicht einmal gefragt habe. Aber wer weiß – was nicht ist, das könnte ja noch werden...«

Das Gesicht des Autors hellte sich auf, als habe er unvermutet gefunden, wonach er gesucht hatte. »Eingangs wurde ich gefragt, warum ich das Bedürfnis verspürte, dieses Buch zu schreiben.« Suchend sah er sich nach dem ersten Fragesteller um und stellte erfreut fest, dass dieser noch da war. »Meine Motivation zu schreiben ist nicht, dass andere das von mir Geschriebene dann konsumieren.« Der Autor lächelte. »Vielmehr wünsche ich mir, was sich wohl viele Autoren wünschen: Dass der eine oder andere Denkanstoß entdeckt wird, der sich zwischen all den Zeilen verbirgt; ein kleiner Stein, der das Potential hat, Größeres ins Rollen zu bringen.«

»*Der Stein des Anstoßes*«, warf der Leser ein, »*...ist nicht nur positiv behaftet.*«

»Nun, das mag sein«, sagte der Autor nachdenklich. »Doch wann wäre er je wichtiger gewesen?«

DANKE!

Eine Danksagung – in einem kleinen Kurzgeschichten-buch?

Ja! Ich mag vielleicht als EINER diese Geschichten geschrieben haben, doch es waren VIELE, die mich über Jahre hinweg dazu bewegten; durch ihr tägliches Tun, durch ihr Vorbild und durch unser Miteinander.

Deshalb: Danke an alle Menschen, die als Teil der PAN-Gemeinschaft meinen Lebensweg begleitet haben, die meinen Entdeckergeist und Gemeinschaftssinn weckten, meine Freude am Hinterfragen anfachten und denen ich die großartige Fähigkeit verdanke, mir selbst gegenüber immer völlig ehrlich zu sein.

Im Besonderen danke ich dir, Elisabeth, dass du dich über jede Geschichte freust, als hättest du sie selbst geschrieben. Danke, Barbara, für deine unermüdliche Unterstützung dabei, keine halben Sachen zu machen. Danke, Johannes, für deine Vision von einer neuen Zeit, die ich teile. Danke an dich, Michael, und an euch alle, die ihr jetzt mit mir ein neues Kapitel aufschlagt. Danke an dich, Markus – dafür, dass du dich der Herausforderung gestellt hast, mit mir dieses Buch zu illustrieren!

Danke, liebe Lene, für dein Anspornen und Unter-die-Arme-greifen. Danke, Wolfgang, für deinen einzigartigen Blickwinkel und die vielen herzlichen und intensiven Gespräche. Danke an alle Probeleser und -hörer, die mich motivierten, dranzubleiben, und an alle, die Erkenntnisse beisteuerten, derer ich mich bedienen durfte... Und natürlich:

Danke, Petra! Für alles, was ich dank dir bin und an und mit dir lernen darf! Ich kann nicht in Worte fassen, wie viel du mir bedeutest.

Danke dafür, dass ihr alle wirklich außergewöhnliche Menschen seid, die mir mit ihrer Freundschaft ermöglichen, jeden Tag aufs Neue mehr über mich selbst zu erfahren. Nur dank euch kann ich mit Freude sagen: Es ist nicht MEIN Buch. Es ist UNSERES.

Mehr zum PAN-Projekt auf www.pan.at

Mehr Geschichten mit Sinn auf
www.leuchtsignal.org

.

FSC
www.fsc.org

MIX

Papier | Fördert
gute Waldnutzung

FSC® C083411

Zeitfracht Medien GmbH
Ferdinand-Jühlke-Straße 7
99095 Erfurt, Deutschland
produktsicherheit@kolibri360.de